국민을 일등으로 만든
싱가포르의 절과 사원

국민을 일등으로 만든
싱가포르의 절과 사원

초판 1쇄 인쇄   2010년 04월 25일
초판 1쇄 발행   2010년 04월 30일

지은이 | 조승범
펴낸이 | 손형국
펴낸곳 | (주)에세이퍼블리싱
출판등록 | 2004. 12. 1(제315-2008-022호)
주소 | 157-857 서울특별시 강서구 방화3동 822-1 화이트하우스 2층
홈페이지 | www.essay.co.kr
전화번호 | (02)3159-9638~40
팩스 | (02)3159-9637

ISBN 978-89-6023-365-2 03810

종교적 신심이 선한 국민을 만들고, 그 국민이 위대한 국가를 만든다!

국민을 일등으로 만든
싱가포르의 절과 사원

글·사진 **조승범**

ESSAY

　　싱가포르에 3년을 살면서 바라본 다민족으로 구성되어진 사람들의 삶은 생각보다 더욱 진실 되고 화합된 삶을 살고 있었다. 불교, 도교, 기독교, 무슬림, 힌두교 등 다양한 종교가 아무런 충돌 없이 서로의 역사와 타 종교를 존중하고 자신의 믿음을 지켜가고 있었다. 일찍부터 영국의 선진화된 시스템으로 사회를 합리적으로 구동시켜 선진국의 자리를 확고히 한 싱가포르에서 이러한 믿음을 유지하고 있다는 것은 처음에는 상당히 의외였다.

　　소원의 내용이 현실적인 것이든 영적인 내용이든 각각 다양한 소원을 기원하면서 타인에게 피해를 주지 않고 자신의 믿음을 성숙시키는 모습은 종교의 종류보다도 그러한 믿음을 유지해 가는 개인의 역량이 대단할 뿐이었다. 또 종교 단체와 민간에서 주체가 되어 어렵고 약한 사람을 위해 병원을 세워 무료로 의료 혜택과 실질적인 도움을 주는 나눔의 봉사 활동은 이러한 성숙되어진 믿음에서부터 출발된 것 같다. 많은 절과 사원들을 방문하고 내린 결론은 싱가포르의 지금의 번영은 어려운 시절 민생을 구제하고자 노력한 많은 성인들의 노력에 있다고 결론지었다. 싱가포르에 있는 절과 사원을 방문하게 된 계기는 처음으로 방문한 쌍림사를 보고난 후였다.

쌍림사는 못을 사용하지 않고 전체 목조 건물을 짜 맞추는 중국 전통 사원 양식을 적용하였고 사원의 구석구석이 중국 기능공의 혼과 숨결을 느낄 수 있는 예술품이었다. 여러 사원을 다니면서 우리의 전통만 훌륭하다고 자만했었던 점이 몹시 부끄럽기도 하였다. 절과 사원을 소개하면서 모든 사람이 알고 있는 우리나라의 전래 불교, 도교와는 다른 점을 서술하려고 노력하였다. 뒷부분의 도교 경전은 3년 동안 자료를 모아 다시 3년 동안을 해석 정리한 도교의 중요 경전이다. 권선징악을 하는 내용과 옛날의 숨겨진 고사가 우리나라의 청소년들에게도 잊어버린 교육적 자료로 훌륭한 규범이 될 수 있다고 생각한다.

| 차례 |

제3부 도교 경전

제1부

불교 사원

1. 광명산 보각선사(光名山 普覺禪寺)

싱가포르 사원 순례의 계기가 되었던 절로서 싱가포르 국민에게 추앙과 존경을 받으셨던 법력과 도력이 높으신 고승이 계시다는 이야기를 듣고서였다. 광명사는 홍춘대사가 주재하셨던 절로 브라이트 힐 로드(Bright Hill Road)에서 1921년에 최초의 전통 중국 불교 사찰로 건립되었다. 1947년에 중국의 고승인 홍춘대사가 주지로 부임하면서 그의 법력에 힘입어 차츰 개발, 확장하면서 싱가포르에서 제일 크고 웅장하며 대중적인 절이 되었다. 홍춘대사는 매달 법회를 열어 불교를 전파하고 선을 가르쳤다.

홍춘대사는 싱가포르의 고승으로 성은 주 씨요, 조상은 중국 진강사람이다. 어려서 불교 가정에서 자라 자연스럽게 불교의 영향을 받았다. 10세 때 모친의 돌아가시자 인생이란 괴로움이 많으며 무상하다는 것을 알았다. 그 후 마을에 있는 경련사에 다니면서 능엄주를 항상 염불송경하였다. 어느 날 불경을 보다 목련이 모친을 지옥에서 구하는 부분을 읽고, 마음에 심히 감동을 받아 출가할 결심을 했다. 승천사 회천큰스님을 흠모하여 문하에서 스님이 되었다. 다음해 보전(莆田)에 있는 광화사(廣化寺)에서 구족계를 받았다. 회천큰스님이 남쪽 보타사(南普陀)의 주지를 계실 때 시자가 되어 항상 그림자처럼 큰스님을 정성을 다해 모셨으며 구전심수로만 이어지는 가르침을 받았다. 당시 불문의 태두인 태허대사께서 "바다 한가운데 나무가 울창하고 만 가지 돌로 만들어진 섬이 있듯이 인간 세상에는 홍춘이 있다."고 미래를 예언하였다.

광명산 보각선사 대웅전.

인연이 성숙하자 스승을 따라 인도네시아와 말레이시아 등 아시아 각
국에 불교를 포교하였다. 스승 회천선사가 입적하자 주지를 계승하였
고 후에 싱가포르에서 포교를 시작하였다. 싱가포르에서는 불교총회원
장과 보각사의 주지를 역임하였다. 보각사에서 매월 길일을 택해 대비
법회(大悲法會)를 열었으며 사람이 노사의 가르침을 받고자 인산인해
를 이루었다. 보각사는 노사의 덕행에 힘입어 싱가포르의 최대 사찰로
발전하였다. 노사로부터 불교적 가르침을 받은 사람이 외국인까지 포
함하여 28만 명이 될 정도로 싱가포르 국민으로부터 깊은 사랑과 공경
을 받았으며 예언과 이적이 많았다. 특히 노사는 감여(풍수지리)적 처방
에 정통하여 어려움에 처한 많은 사람들을 현실적인 괴로움으로부터

구제하였다.

불교가 국교인 태국 국왕으로부터 '중국의 최고선'이라는 명칭과 부채를 받았다. 이것은 태국 국왕이 외국 고승에게 주는 최고의 영예이다. 싱가포르에서는 싱가포르 불교총회회장, 싱가포르 불교진료소회장, 싱가포르 승가연합회장, 싱가포르 종교연합회 발기인 및 회장, 싱가포르 거사회지도선사, 보각사주지, 법륜사발기인 및 고문, 싱가포르 불교청년단 발기인 및 고문, 문수중학 창립인 및 이사장, 보리학교 창립인 및 이사장, 능인중학 이사장 등을 역임하는 등 사회봉사에 많은 공헌을 하였다. 일생을 걸쳐 조그만 방에 거처하시며 근검절약하셨으며 '세계 화평, 불교 건설, 사회 복리, 자선 교육, 종교화해, 정진 불식' 등을 주장하였다. 노사의 감여술은 불교 포교의 방편으로 사람의 인생은 (1) 명, (2) 운, (3) 풍수, (4) 덕행 등에 달려 있지만 이것은 세간법이고, 도는 아니며 인과응보를 당연히 받아야 하지 않느냐고 설파하였다.

사람들에게 염불과 오계를 지키며 선을 행하고 소식을 하며 불살생하라고 가르치셨다. 노사는 항상 말씀하시기를 '복인이 복 있는 땅에 거주하는 것'이며 스스로 선을 닦지 않고 복을 바라지 말며 풍수는 중생의 장애를 구제하는 방법이라 하였다. 1990년 12월 향년 84세로 입적하였으며, 장례는 싱가포르 국장으로 치러졌다. 장례식 때는 25만 명의 추모인원이 차를 따랐다. 다비식 후 오색 창연한 사리 100여 과가 남겨졌다. 다비식 후 신도들의 성금으로 지어진 기념관 입구에 천산만수유진시 유유사은무진처(天山萬水有盡時 唯有師恩無盡處: 천 개의 산과 만 가지의 물이 마르더라도 스승님의 은혜는 다함이 없다.)는 말로 신도들의 홍춘대사에 대한 뜨거운 존경심과 애정을 느낄 수 있다.

홍춘대선사.

홍춘대선사 사리탑.

대사의 입적 후 신도들의 성금으로 지어진 홍춘대사기념관.

기념관 입구에 세워진 선사에 대한 신도들의 마음을 표시한 지은보은(은혜를 알고 은혜를 갚자.)이란 큰 문구와 그 옆의 작은 문구인 천산만산유진시 유유사은무진처(천 개의 산과 만 가지의 물이 다하더라도 어찌 선사의 은혜가 다함이 있으랴.)라는 문구를 보면 신도들이 얼마나 홍춘대사를 존경하며 생존시 고결한 삶을 사셨다는 것을 느낄 수 있다.

2. 불아사(佛牙寺)

부처님의 이빨사리를 모시고 있는 절로서 사우스 브리지 로드 288번지(288 South Bridge Road)에 위치하며 부처님 사리 이외 지혜제일인 사리불존자의 사리, 신통제일인 목건련존자의 사리, 다문제일인 아난다존자의 사리, 시운과 재부제일(財富第一) 인시바리(釋瓦利)존자의 사리, 천안제일인 아나율존자의 사리, 지계제일인 우바리존자의 사리, 토론제일인 가전연존자의 사리, 수명제일인 바쿠라존자의 사리 등을 모시고 있다. 1980년 미얀마의 반둘라 수도원의 대수도원장인 승려 사카팔라는 오래된 미얀마 바간에 있는 오래된 불교 유적을 정리하던 중 순수한 금으로 만들어진 불교 탑 속에서 부처님의 이빨과 사리를 발견하였다.

2001년 1월 중순 반둘라 수도원에서는 부처님의 이빨과 사리를 전시하기 위한 2층 건물을 짓기로 하였으나 예산 부족으로 싱가포르의 법조대사에게 협조를 요청하고 2001년 8월 중순 법조대사를 미얀마로 초청했다. 2002년 초반에는 싱가포르의 법조대사가 미얀마의 대수도원장인 사카팔라를 초청해 싱가포르, 말레이시아, 태국의 불교 문화를 동반 시찰하였다. 2002년 8월 4일 사카팔라와 미얀마의 반들라 수도원에서는 부처님 이빨 유골의 새로운 수호자로 싱가포르의 법조대사를 결정하고 유골을 넘겼다. 법조대사는 부처님 이빨유골을 받은 후 당나라 시대의 찬란한 불교 스타일로 불아사를 창건하였다.

싱가포르의 절들을 방문하면 우리나라의 절과는 다른 형합이장이라

불아사.

는 장수가 가람을 지키고 있는데 좌측에 서있는 장수는 혈장군이고 우측은 합장군으로 불교의 산문을 지키는 장수로서 위풍당당하게 상반신을 노출하여 손에는 금강저를 쥐고 있다. 좌측은 '형'이라고 외치면서 흰 콧김으로 죄인의 혼백을 흡입한다 하여 '형장군'이라 하고 우측은 '합'이라고 외치면서 누런 입김으로 죄인의 혼백을 산산이 부숴 흩어지게 만든다고 하여 '합장군'이라고 한다. 둘을 합해 '형합이장'이라고 하며 불법을 수호하며 가람을 지키는 장수이다.

'형' 이라고 외치면서 흰 콧김으로 죄인의 혼백을 흡입한다 하여 '형장군' 이라
고 한다.

'합' 이라고 외치면서 누런 입김으로 죄인의 혼백을 산산이 부숴 흩어지게 만
든다고 하여 '합장군' 이라고 한다.

당나라 양식으로 지어진 대웅전 내부에서 부처님의 공양 시간에 맞춰 스님들이 경을 독송하고 있다.

2007/08/05 16:53

대웅전 벽에 장식되어진 벽 속의 수많은 부처상을 보며 신도들의 돈독한 신심
을 느낄 수 있다.

불아사의 특징은 층별로 1층에는 부처님을 모시고 2층에는 관음전에 관세음보살을 모시고 그 위층에는 부처님 이빨사리를 모시고, 마지막 옥상에는 만다라와 만 불을 모시고 있다. 2층의 관세음보살상이다.

3. 쌍림사(雙林寺)

쌍림사는 싱가포르의 자란 토파요 184번지(184 Jalan Toa Payoh)에 19세기에 지어진 건물로서 싱가포르의 초기 불교 사원으로 싱가포르 역사의 독특한 한 단면을 상징한다. 1898년 중국 복건성의 가난한 가정에서 태어나 싱가포르로 건너와 대무역 상인으로 성공한 자선가인 유금방거사의 토지 헌납과 동남아시아에 거주하는 중국인들의 지원 아래 현혜법사(賢慧法師)에 의해 창건되었다. 건물은 중국 복건성의 임제종 양식으로 만들어졌으며, 복건성 양식의 특징은 처마선이 날아가는 제비꼬리처럼 하늘로 치솟은 부분이다. 중국 복건성에서 건너온 유민들이 싱가포르에 많이 사는 이유이다. 싱가포르의 가장 오래된 수도원으로서 1980년에 싱가포르 역사 보존 지역으로 싱가포르 정부에 의해 지정될 정도 역사적이며 기념비적인 건축물이다.

사원으로 들어가는 입구인 삼해탈문(우리나라의 일주문에 해당)에서 바라본 절의 길과 정원이다. 대웅전으로 가는 길로서 중국의 전통 정원 기법으로 지붕의 붉은 색깔과 잘 다듬어진 푸른 정원수와 어우러져 호젓한 분위기가 나는 사원의 길이다.

우리나라 절과 같이 현판이 대웅보전으로 표기되어 있다. 건물 양식은 처마 끝선이 날아가는 제비꼬리처럼 하늘로 올라가 무거운 지붕을 가볍게 보이게 하여 건물의 답답함을 줄여주는 중국 복건성 양식으로 지어졌다.

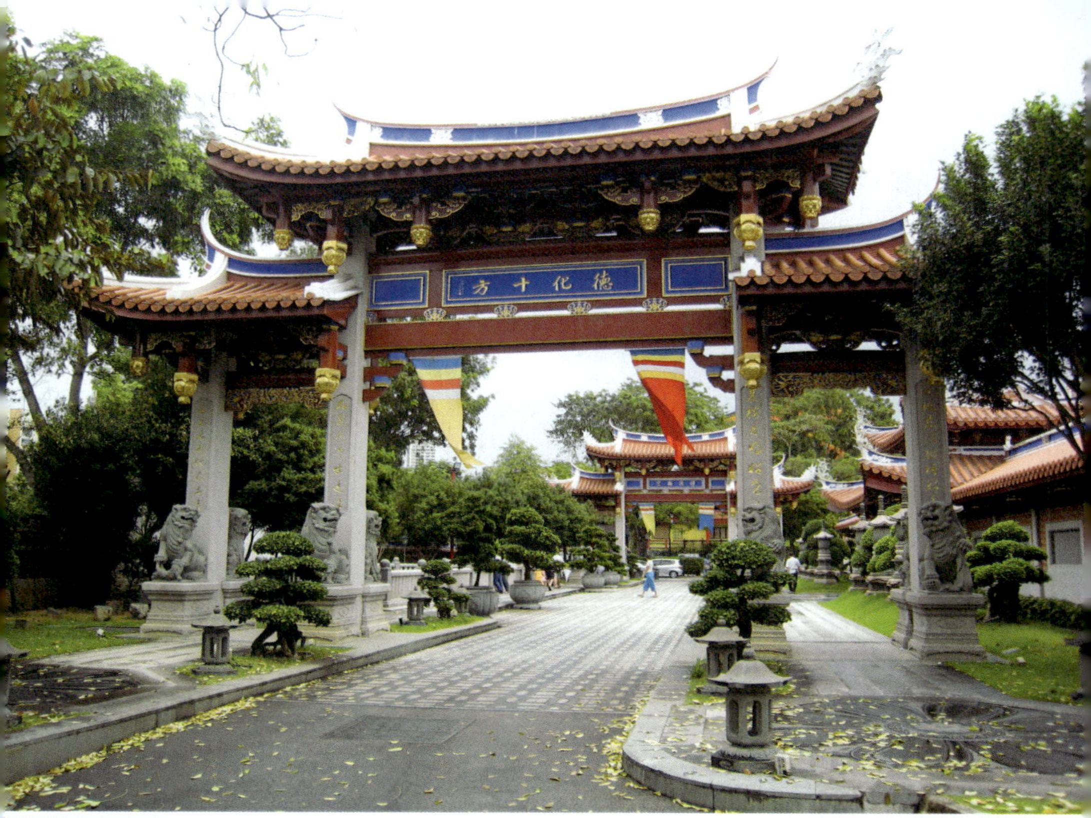
德化十方

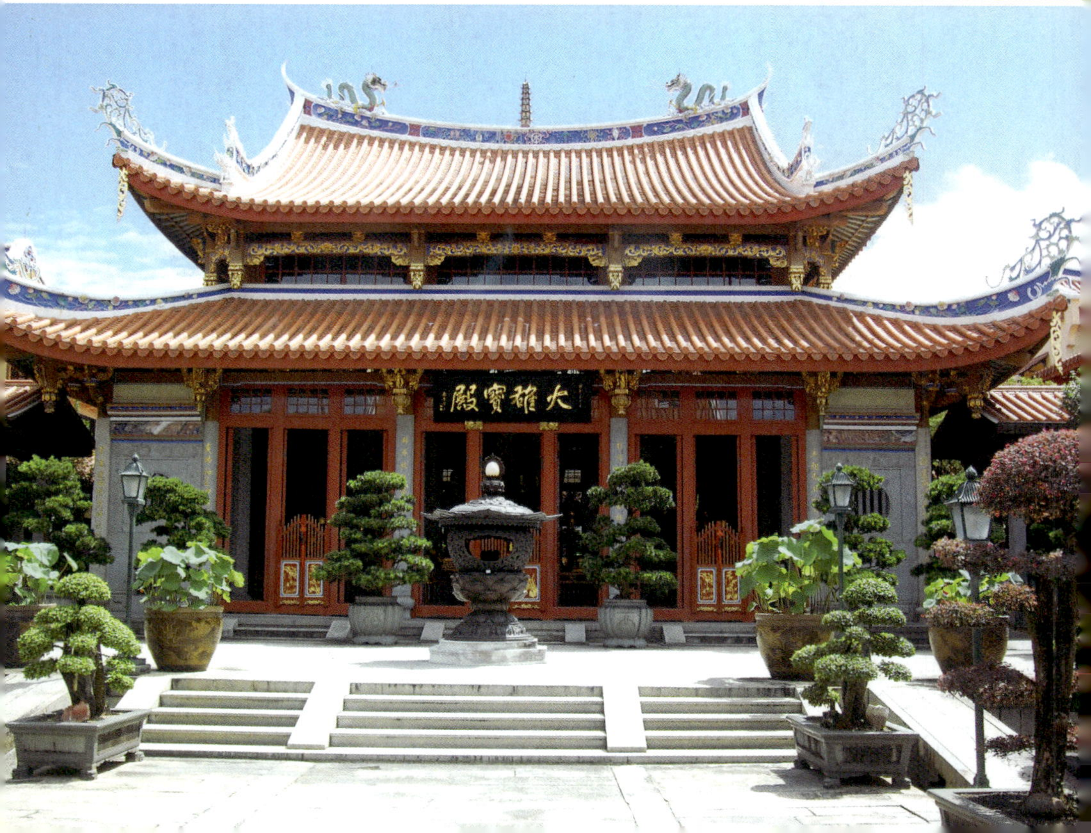
大雄寶殿

대웅전에 가기 전에 조성되어진 미륵보살상.

천수관음상 좌우로 관음보살을 수호하는 나한들의 표정과 행동이 티 없이 맑다.

대웅전의 맞은편에서 부처님을 수호하는 위타보살의 상으로 우리나라 절에는 대웅전 내의 탱화 속에서 볼 수 있다. 현판의 3주 감응이란 뜻은 부처님으로 부터 동, 서, 남의 3주를 수호하라는 부촉을 받았다는 의미이다.

위타보살(韋馱菩薩)은 불교를 수호하는 호법 신장으로 범어로는 스칸다(skanda)라고 하며 '사건타천, 건타천, 위장군'이라고도 한다. 불교 사천왕 밑의 32장군 중 제일이다. 태어나면서부터 총명하고 지혜로워 동진출가 하여 청정한 수행을 닦아 부처님으로부터 동, 서, 남의 3주를 수호하라는 부촉을 받았다.

석가세존 열반시 도적이 부처님 이빨 한 쌍을 훔쳐가자 급히 추격하여 반환시킬 정도로 신통자재하다고 한다. 당나라 초 도선율사가 상을 조성한 뒤로 각처의 사원에서 신상을 모신다. 신상 앞에서 향을 피우고 경배를 할 때에는 '나무삼주감응 호법위타타존천보살(南無三州感應護法韋陀馱尊天菩薩)'이라고 한다.

대무역 상인으로 성공한 자선가인 유금방거사의 토지 헌납과 헌금을 기리는 상을 조성하여 절 내에 조성하여 기념하였다.

쌍림사 와불.

관음전 내부에 천 개의 손을 가지고 중생을 구제한다는 천수관음상이다.

쌍림사 흉방벽.

　중국 특유의 풍수비기로 흉한 방위에서 불의 기운이 들어오지 않게 벽을 쌓고 다시 불과 상극인 물을 담은 연못을 조성하여 오행의 원리로 흉함을 막고 행운을 기원한다. 또 불을 먹는 해태상을 앉혀 흉한 기운을 가라앉히고 있다.

쌍림사 해태상.

쌍림사 연못.

쌍림사 산문.

4. 복해선사(福海禪寺)

복해선사는 복을 바닷물처럼 받는 절이라는 뜻으로 1935년 대만 출신인 홍종노 화상에 의해 창건되었다. 게랑 이스트 에브뉴 87번지(87 Geylang East Ave 2)에 세워졌으며 1961년에는 대웅전과 숙사를 중건하였다. 현재 방장이신 명의대 화상(明義大和尙)은 1992년에 복해선사의 3대 방장으로 부임하였다. 명의대사의 법명은 홍인(宏仁: 중국 복건성 발음)이며 홍콩 관종사 방장과 홍콩 향해정각련사 부사장, 말레이시아 관음정 방장을 역임하였다. 대사는 1986년 인도네시아 정해대사로부터 임제종 법맥을 이어받았고 1988년에는 말레이시아 백원대사로부터 조동종 법맥을 이어받았다.

1992년에는 홍콩의 천태종 제46대 조사인 각광노화상으로부터 천태종 법맥을 이어받아 제 47대 천태종 조사가 되었으며 '적법(寂法)'이라는 호를 부여받았다.

복해선사는 부처님 진신 사리와 보리수나무를 1991년 스리랑카 정부로부터 받아 1994년에 불교 사리탑 형식으로 행정 빌딩을 완성하여 그 안에 봉안하였다. 싱가포르 최초로 불교 병원을 짓는 등 다양한 사회 활동도 펼치고 있다.

건물은 고풍스러운 맛이 나도록 당나라 형식으로 중국적 분위기에 일본의 동기와를 얹고 종과 북은 우리나라의 형식을 모방하였다. 복해선사는 1993년 조계종 제78대 조사인 우리나라의 숭산 큰스님이 법을 펼친 곳이기도 하다.

복해선사의 입구를 지키고 있는 형합이장.

우리나라 사원 양식을 모방한 종각.

석가모니 부처님과 관세음보살이 동시에 대웅전에 배치되어진 독특한 구조.

5. 용산사(龍山寺)

1917년 전무(轉武) 노화상에 의해 창건되었으며 싱가포르의 오래된 절중의 하나이다. 레이스 코스 로드 371번지(371 Race Course Road)에 세워졌다. 전무대사는 1913년 관음상을 품에 안고 포교의 뜻을 품고 중국의 유명한 용산사가 있는 복건성에서 불법을 펴고자 싱가포르에 건너왔다. 노사는 의술에 박학하여 병자를 치료하고자 의술을 펴기 위해 초라한 오두막집을 지었는데 그것이 용산사의 시작이다. 지역 주민들의 헌금에 힘입어 1926년에 정성스럽게 지어진 절로 변모하였다. 이때부터 지역 주민들에게 '용산사'로 불리게 되었다. 건축 양식은 중국의 전통 궁궐 양식을 모방하여 지붕 위에 춤추는 용과 빛나는 진주를 조각하였다.

전무화상은 주위에 사는 아이들을 모아 글을 가르쳤는데, 곧 소문이 나 절 내부가 아이들로 가득 차게 되었다. 이것이 '용산학교'가 되었고, 현재의 '미타학교'의 전신이다. 1952년에 광흡(廣洽)법사가 부임한 후 장경각을 증축하고 대웅전을 보수하였고, 1972년에 다시 개보수하여 지금의 모습으로 발전하였다. 용산학교는 광흡법사가 꾸려나가면서 학교 건물의 필요성을 느껴 1954년에 지어 학교 이름을 내부의 밝음이란 뜻인 '미타학교'라고 하였다. 미타학교는 1957년 싱가포르 정부의 지원을 받으면서 공립 초등학교가 되어 현재까지 이르렀다. 지금도 가끔씩 미타 초등학교 학생들이 두 분 스님의 숭고한 뜻을 기리어 용산사에 들러 조그마한 기도를 올리고 간다고 한다.

용산사 입구.　　　　　　　　2층 염불전.

광흡법사(廣洽法師)는 싱가포르의 저명한 종교가이면서 교육자인 광흡법사의 속가의 성은 황 씨이며 1900년 복건성 남안에서 출생하였다. 어려서 부친이 돌아가시고 10세 때는 모친마저 돌아가시자 홀로 고생을 하며 21세 때 인생무상을 느끼고 중국 복건성 후문시의 남보타사로 출가하였다. 1928년 20세 연상인 근대 중국의 명승인 홍일대사와 남보타사에서 첫 대면을 하고 조석으로 가르침을 청하여 법사의 불교 인생의 일대 전환점이 되었다.

이후 홍일대사가 남보타사에서 불교 양정원을 개설했을 때 광흡법사는 스님들의 공부를 관리 감독하였으며 남보타사에서 근세 중국의 많은 훌륭한 스님을 배출했다. 후에 싱가포르에 건너와 용산사 주지를 역임하면서 미타학교 창립하고 싱가포르 불교계 및 문화 예술계에 막대한 공헌을 했다. 1994년 법사의 입적 후 미타학교에서 스님을 기리기 위해 스님의 사리탑과 기념관을 건립하였다. 건립식에는 싱가포르 대통령과 종교계, 문화 예술계 인사들이 참석하였다.

교육에 이바지한 광흡 스님을 기리는 기념관으로 내부에 스님의 사리탑이 있다.

광흡스님을 기리는 광흡 기념관의 금빛 현판이 벽 너머로 보인다.

두 스님의 숭고한 정신으로 일구어진 미타학교의 발전된 현재의 모습.

6. 불교거사림(佛教居士林)

'불교거사림' 은 화교 불교의 독특한 체제로 재가불문 제자들의 집회 연합이다. 속가 불교 신도들이 주도하여 건물을 짓고 주지를 역임하며 각종 사회봉사 활동을 한다. 위치는 킴얌로드 17번지(17 Kim Yam Road)이다. 1927년 중국 근세의 고승으로 '인간 불교' 를 주창한 태허 대사의 가르침 아래 '중화불교회' 가 창립된 것이 그 출발점이다. 싱가 포르 거사림은 최초 불경 간행의 필요성 때문에 창립한 '싱가포르 불경 유통처' 가 그 시작이다. 1934년 6월 '불교거사림' 을 이준승 거사의 주 도 아래 창설한 후 1950년에 '싱가포르 불교총회' 를 성립시킴으로써 재가불교 신자들 간의 활발한 교류가 이루어졌다.

1969년에는 '싱가포르 불교총 회' 의 이름으로 '남양 불교' 라는 잡지책과 불교 진료소를 창설하 여 빈곤한 사람들에게 무료로 의 술을 베푸는 사회활동도 시작하 였다. 1965년 거사림의 명예회장 인 이준승 거사가 거사림의 주지 로 부임하면서 모금을 시작하여 1971년 10월에 대회당을 완성한 이래 거사림의 자체적인 모금에 힘입어 지속적으로 확장하여 현

옥상천수관음보살.

재의 모습을 이루게 되었다. 현재의 거사림 발전의 정신적인 배경으로는 대만 인순대사의 '건설재가불교의 방침'이라는 책에 밝혀놓은 대로 승과 속을 구별하지 말고 불교에 매진해야 한다는 가르침이 그 근간이라고 하겠다.

현재 싱가포르 거사림이 추진하는 활동으로는 (1) 포교 (2) 종교간 화해 (3) 불교 수련 (4) 교육 (5) 자선 활동 (6) 의료 활동 (7) 문화 활동 (8) 예술 활동 (9) 임종염불 등으로 범사회적으로 활발한 봉사 활동의 구심점이 되고 있다. 거사림의 대부분의 신도들은 염불을 주도하는 정토 불교를 신봉하고 수련한다.

거사림 건물 내의 대웅전으로 매주 주말이면 신도들이 적극 동참하여 발 디딜 틈이 없을 정도이며, 스님을 초청한 법회가 재가신도들의 주도로 이루어진다.

사천왕.

거사림 빌딩 내의 무료 진료소.

7. 관음당(觀音堂)

　　1884년에 건립되었으며 중국 전통 사원 건축 양식과 공예 기술의 섬세함을 보여주는 건물이다. 와터루 로드 178번지(178 waterloo street)에 있다. 관음보살을 믿는 싱가포르 신도들에게는 관음보살의 영험함이 실지로 작용하는 건물로 잘 알려져 있다. 절은 1895년에는 원래 건물을 허물고 다시 지었고, 1982년에는 개보수 되어 현재의 크기가 되었다. 관음상은 18개의 손을 가졌으며, 절에는 항상 기도와 기원하는 사람들로 꽉 차며 주말에는 더욱더 사람들로 붐빈다. 매년 음력 설 전후에는 한 해의 행운을 기원하기 위해 절은 밤새 열려 있다. 절에서 하는 봉사활동으로는 가난하고 아프며 계층과 종교에 관계없이 도움이 필요한 사람들을 도와주고 있다.

관음당 전경.

　　책을 찾아 그 숫자의 내용에 관해 설명해 놓은 부분을 읽어 미래의 일의 성사 여부를 예측할 수 있다. 미래 예측이 거의 백발백중으로 영험하다 하여 항상 사람들로 인산인해를 이루고 있는 곳이다.

관음정 앞은 신도들로 매일 인산인해를 이루고 있다.

▽ 미래 예측의 방법

　관세음보살을 모시고 있는 절로 영험이 있어 많은 사람들이 미래를 묻거나 어려운 일을 해소하기 위해 찾는다. 미래를 묻는 방법은 먼저 두 쪽의 패를 던져서 질문을 해도 좋은지를 묻는다. 이때 양쪽의 패가 같은 모양이 되면 질문을 할 수가 없다.

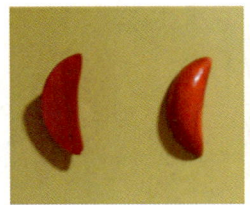
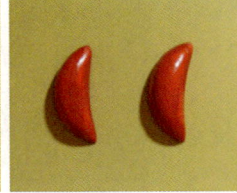

(1) 질문해도 좋음.　　(2) 묻지 말 것.　　(3) 물을 수 없음.

　(1)번의 모양이 나오면 점괘 통을 흔들어 한 개의 점괘가 빠져나올 때까지 흔들어 빠져나온 점괘의 숫자를 읽는다.

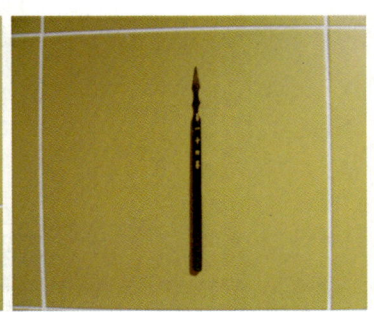

점괘 통을 흔듦.　　　　　빠져나온 막대의 숫자를 확인.

诗曰	春来雷震百虫鸣　番身一转离泥中 始知出入还来往　一朝变化便成龙
解曰	雷发时转　出入两全　一朝变化　直到天门
古人	**陈桥兵变**　出自 [北宋历史] 故事
巳宫	此卦雷发百虫之象　凡事遇贵人吉兆也

详解　此签显示家宅要多作福，自身运势平平，年头有财运，买卖会遇贵人相助，婚嫁可成，怀孕会生男，会有远方朋友到来，要寻找的人可找到，官司会赢，搬迁大吉，疾病犯鬼神，出殡大吉。

No 73　Good Lot

The sudden thunder of spring awakes all worms and insects: With joy, they chant in chorus and jump from earth. In winter deep in earth they lie, listless and slow: Set free, they are as active as a dragon released.

Explanation of the lot:

This is a description of the natural phenomenon of spring and thunder waking up all worms and insects. It is indeed a good omen. The roar of thunder quickens the wheel of fortune. Circumstances have turned for the better. Such a big change in a single day. Like a summersault in front of the heaven's gate.

Cause and action:

- It will be a successful year for you and your family.
- You will likely gain fortune in spring.
- People of power and influence will assist you in business dealings.
- Livestock is prosperous.
- The missing will appear.
- Travellers will arrive on time.
- You will win in lawsuits.
- Travel will be successful.
- The sick will have difficulties.
- There will be no problems for the ancestral graves.

숫자에 해당되는 종이를 뽑아 질문의 내용과 비교하여 일의 가능 여부 및 성패를 예측한다.

8. 미얀마절옥불사(緬甸玉佛寺)

크린타로드의 작은 절에서부터 출발하여 미얀마의 전통 한의사인 우 키아우 꽝의 헌신적인 노력으로 절은 점차로 발전하였으며, 타이진 로드 14번지(14 Tai Gin Road)에 세워졌다. 부처님의 상을 조성하기 위한 최고의 대리석을 얻기 위해 미얀마 왕조의 마지막 궁궐인 만달레이에서 북쪽으로 30마일 떨어진 상기인 언덕에까지 가서 10톤의 옥을 산 뒤 1918년에 만달레이에서 조각을 마친 뒤 1921년에 싱가포르로 옮겨졌다.

1971년부터 보다 큰 절을 조성하기 위해 여러 가지 노력이 진행되었으나 현실화되지 못하였다가 우 판야밤사 스님에 의해 1990년에 현재의 위치에 지어졌으며, 미얀마의 국외에 지어진 최초이자 유일한 전통 미얀마 절이다.

바로 옆에는 중국 근대화의 아버지인 손문이 중국 혁명 전에 남아시아의 혁명 거점으로 싱가포르에 머물렀던 곳에 만청원이란 2층의 건물을 세워 기념하고 있는데, 많은 중국인들이 관람하는 곳으로 유명하다.

부처님의 상을 조성하기 위한 최고의 대리석을 얻기 위해 미얀마 왕조의 마지막 궁궐인 만달레이에서 북쪽으로 30마일 떨어진 상기인 언덕에까지 가서 10톤의 옥을 산 뒤 1918년에 만달레이에서 조각을 마친 뒤 1921년에 싱가포르로 옮겨진 불상이다.

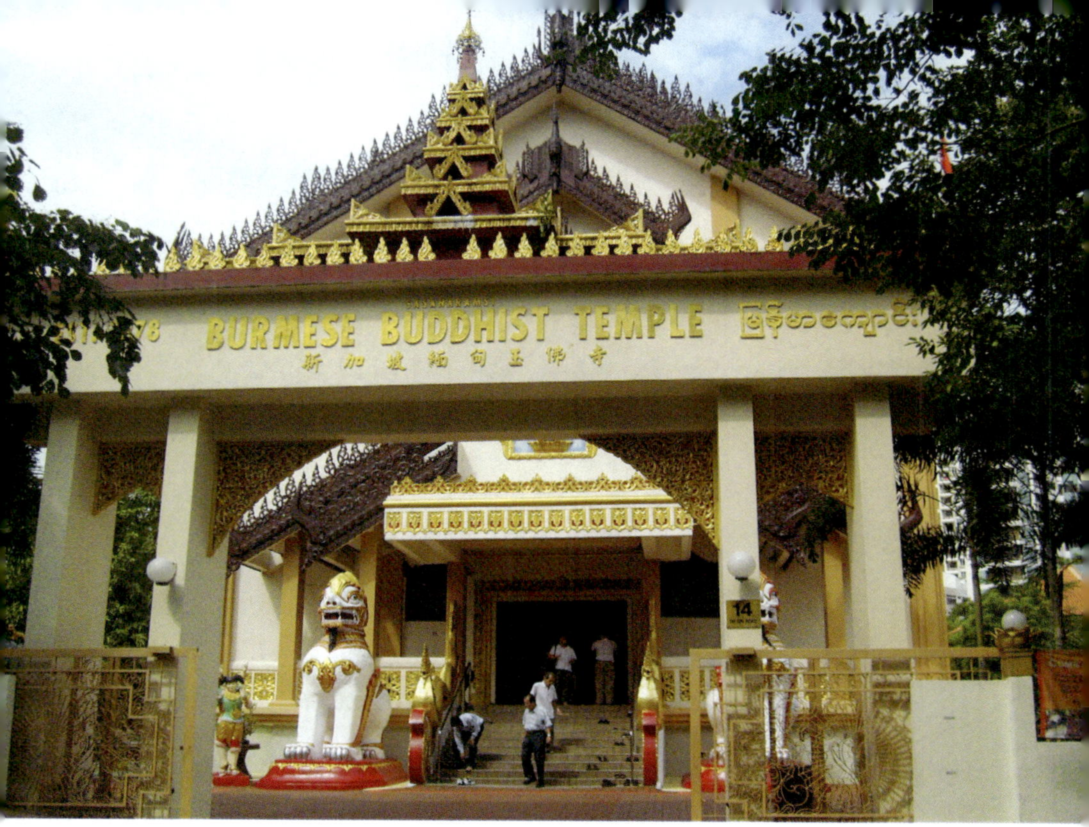
BURMESE BUDDHIST TEMPLE
新加坡緬甸玉佛寺
14

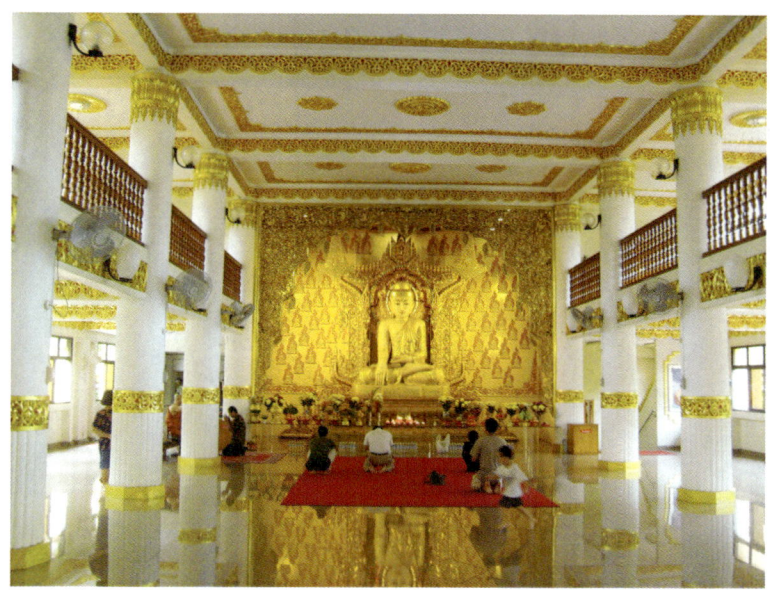

손문의 남양기념관 만청원(晩晴園)으로 해질 무렵 비가 그친 정원이란 뜻으로
다사다난했던 손문의 혁명을 의미한다.

손문기념비로서 '한 개인이 중국의 운명을 바꿨다.(一个改變中國命運的人)'라
는 글이 보인다.

손문의 동상.

9. 싱가포르 불교복리협회
(佛敎福利協會: 복혜강당)

싱가포르 불교복리협회는 펑골로드 105번지(105 Punggol Road)에 있으며 1996년 입적하신 연배법사에 의해 창립되었다. 연배법사는 박학다문한 대학자이시며 불교계에서도 드문 경, 율, 론 삼장에 정통한 삼장법사이다. 삼장법사는 경전의 어느 부분도 질문에 답을 못할 때는 시험을 통과할 수 없다고 한다.

1950년 싱가포르에 건너온 뒤로 사회 복리에 힘을 써 가난하고 병든 노인들을 보살피고 대자비심으로 사회에 봉사하며 싱가포르 불교복리협회를 설립, 운영하여 지금의 형태를 갖추게 되었다.

창립이념으로는

(1) Share(나눔): 타인에게 기쁨과 안락함을 나눈다.

(2) Help(도움): 타인에게 도움을 줘 그들의 삶의 전환점을 만든다.

(3) Achieve(달성): 타인에게 항상 최선을 다해 임하겠다고 약속한다.

(4) Reach(도달): 타인과의 차이를 뛰어넘어 도움이 필요한 모든 사람에게 가리지 않고 도달한다.

(5) Enrich(풍요): 타인에게 꾸준히 노력하여 모든 사람을 위한 보다 나은 풍요한 미래를 제공한다.

일요일 대웅전에서 법회가 진행되는 전경.

연배법사(演培法師: 1917~1996년).

연배법사는 법사의 속가성은 이 씨이며 강소성 양주(江蘇省 揚州: 장쑤성 양조우) 사람이며 빈농 가정에서 4남 3녀 중 막내로 태어났다. 12세에 출가하여 정식 사미가 되어 연배라는 법명을 받았다.

당시 중국에는 스승이 제자에게 절을 넘겨주는 전통이 있어 스승이 주지 자리를 넘겨주려 하자 연배법사는 농촌의 작은 절에서 안주하기를 원하지 않고 불법을 배우고자 하는 마음이 간절하여 상해로 올라왔다. 1935년 20세에 관종사의 학계당에 입학하여 불학 교육의 기초를 닦았다. 반년 후 법사의 성적이 뛰어나자 홍법연구사의 고급반으로 승반하였다.

1936년 여름에는 후문시에 있는 민남불 학원에서 반년 동안 연구한 후 남보타사의 양정원의 학생이 되었다. 1937년 봄에는 강소성 회음주 각율사의 각율불 학원에 입학하여 대성(大醒)법사의 문하에서 수학하였다.

1945년 상해 옥불사에서 주석하고 있던 중국 근세의 고승인 태허대사의 명을 받아 항주 무림불 학원의 주지로 있으면서 삼십 명의 학승에게 공부를 가르쳤다. 이후 홍콩, 대만, 태국, 베트남 등에서 불교를 전파하였다. 1950년에 싱가포르로 건너온 뒤로는 포교와 불법 연구에 힘을 쓴 뒤, 1982년 봄 복혜강당 건축을 시작하였다.

완료 후 대만의 고승인 인순대사를 기념하기위해 인순대사가 창건한 복엄정사(福嚴精舍)의 '복' 자와 혜일강당(慧日講堂)의 '혜' 자를 따서 '복혜강당' 이라 이름 지었다.

복혜강당은 2층으로 지어진 1,000명을 수용할 수 있는 대강당이며 도서관, 회의실, 사무실과 후원에는 120명의 노인을 수용할 수 있는 양로원을 지었다.

1985년에 모두 준공한 후 1986년에 개막대전을 열어 싱가포르 정부

각료와 미국, 대만 및 세계 각지의 스님들이 참석하였다. 불교복리협회는 1981년에 창설하였는데, 그 시작은 빈곤한 무의탁 노인과 불행한 가족에게 구조금과 구제품을 지급하면서부터 출발 되었다. 이후 복리협회는 나날이 발전 및 사회에 공헌하여 그 공으로 연배법사는 싱가포르 정부로부터 1986년과 1992년 2차례에 걸쳐서 국민훈장을 수여받았다.

연배법사는 경, 율, 논 삼장에 깊이 통달한 당대의 저명한 불교학자이며 삼장법사로 대소승의 각 종파 이론을 포괄하는 팔백만언, 총 40여 권으로 된 방대한 저술인 체관전집(諦觀全集)을 펴낸 대학자이다. 1996년 입적하였으며 세수는 80세이며 법랍은 68세이다. 입적 후 연배법사를 기리는 기념 빌딩을 복혜강당 옆에 지었다.

연배법사 기념 빌딩.

10. 아난다 메티아라마 태국 사원

　설립자는 루앙포홍 스님으로 1920년에 태국에서 싱가포르로 건너와, 1923년에 논의를 시작하여 1925년에 자란 부키 메라 50B번지(50B Jalan Bukit Merah)에 절을 태국 양식으로 설립하였다.

　1952년 그가 입적하자 그의 후계자인 라자이 스님이 1953년에 절을 개보수 하였다. 비살다만 스님이 절을 맡은 후 1966년에 싱가포르 최초로 불교청년회를 시작하여 참선을 지도하였다.

　1974년 비살다만 스님이 방콕으로 돌아간 뒤 후임으로 파나담 스님이 주지가 되어 시설을 향상시키고 규모가 커지는 등의 장족의 발전을 시작하였다. 그는 교단 내부의 조직을 강화시키고 싱가포르에서의 종교에 대한 이해와 조화를 향상시킨 종교 지도자였다.

1975년에는 절을 개보수 하였고 탑을 세우고 스님들을 위한 3층 규모의 주거 건물을 지었다.

1985년에 태국 국왕의 둘째 공주가 참석하여 공식적으로 탑이 완성되었음을 대내외에 천명하였고 절은 스님에게 성직을 수여하는 권한을 가지게 되었다. 1995년에는 도서관과 교실, 명상실을 포함하는 3층 건물을 다시 지었는데 지붕의 형태와 가람배치는 싱가포르의 고승이신 홍춘 대사의 조언을 따라 지었다.

3층 건물.

스님들의 생활 공간.

11. 해인고사(海印古寺)

　브릭랜즈 로드 33번지(33 Bricklands Road)에 위치하며, 천 분의 부
처님을 모신 천불보탑과 특이하게 대웅전 밖에 불교의 재신(財神: 재물
을 맡은 신장)인 비사문천(毗沙門天)을 모시고 있는 절이다. 불교의 재

신 비사문천(毗沙門天)은 범어로는 바이쉬라바나(Vaishravana)이다. 불교의 8대 호법 중 한 명으로 몸은 금황색이고 용모는 위엄이 있고 엄숙하며 왼손에는 토보서(吐寶鼠: 보물을 토해내는 쥐)를 쥐고, 오른손으로는 불교를 호위하는 상징물 중 하나인 승리당(勝利幢: 승리를 알리는 기)을 들고 있다.

승리당은 모든 사마외도와 싸워 승리함을 보여주고 있다.

☑ 토보서

보물을 토해내는 쥐로 재신이 왼손으로 쥐고 피부를 압박하면 금은보화를 토한다는 상상 속의 쥐이다.

☑ 승리당

모든 사마외도를 제압하고 불법을 수호했다는 승리를 알리는 깃발이다.

☑ 설사지

설사자가 불교호법 중 재신을 식별할 수 있는 대표적인 표식이다.

▲ 재신의 역할은 천상의 재물이 들어있는 금고를 관리하며 인간의 재물을 향한 소원을 들어주어야 할 때에는 토보서의 피부를 약하게 압박하여 토보서의 입에서 재물을 나오게 하여 소원을 들어준다고 한다.

◀ 불교의 재신을 모신 탑.

현대식으로 지어진 천 분의 부처님을 모신 천불보탑.

12. 스리란카라마야 사원
(Sri Lankaramaya Temple)

1952년에 세워진 싱가포르에서 가장 오래된 스리랑카의 절이다.

성마이클 로드 30C번지(30C Saint Michael's Road)에 있으며 약 13m 길이의 와불(누워 있는 부처님)로 유명하다.

스리랑카의 테라바다 불교는 그들이 수행하는 불교가 부처님으로부터 직접 전수되어진 불교의 원형이라고 자부심이 대단하다.

그 이유는 불경에 의해서가 아니라 석가모니 부처님으로부터 직접 가르침을 받은 곳이라 하여 다른 간접적인 가르침을 받은 곳과는 다르다고 하여 스스로를 테라바다 불교라고 구별하여 부른다.

테라바다 불교의 전통을 위해 사원 내에는 보리수나무, 탑, 부처님의 이미지, 건물 모양, 조각상 등이 테라바다 전통을 완벽하게 계승한 사원을 만들기 위해 설계시부터 고려됐다.

스리랑카에서 불교의 뿌리를 확실하게 내리게 하고 승가를 세우며 구족계를 전한 것은 알핫 마힌다 승려이다. 인도 최초의 통일왕국의 왕이자 불교의 수호자인 아소카왕의 아들이자 성인인 알핫 마힌다는 스리랑카의 왕자인 데바남 프라티샤가 왕좌에 오른 후에 스리랑카에 도착하였다.

대웅전 내의 길이 13m의 와불상.

불교를 전달하기 위해 마힌다는 그 자신의 기호는 섞지 않고 부처님의 순수한 가르침을 순서대로 진행시켰다. 그는 먼저 싱할라 왕의 지적 수준과 능력을 확인한 뒤 왕족뿐만 아니라 일반 평민들에게도 부처님의 가르침을 전수하였다.

그의 방문은 단순히 부처님의 가르침을 다시 스리랑카에 전달하기 위해서는 아니었다. 그는 이미 부처님이 281년 전에 직접 스리랑카에서 건너오셔서 가르침을 전했음을 알고 있었다. 그의 사명은 스리랑카에 승가를 세우고 구족계를 전해 스리랑카에 완전한 불교의 뿌리를 내리는 것이었다.

왕족의 스포츠로 행해지던 사슴사냥에 대하여 성인 마힌다 승려가 살생을 중지하라는 가르침을 펴는 조각상으로, 뛰어가는 사슴이 우측 다리 옆으로 보인다.

울창한 보리수 나무 아래 동, 서, 남, 북 네 방향으로 부처님 상을 안치하였다.

제2부

도교 사원

1. 천복궁(天福宮)

천복궁은 도교 사원으로 텔락 아이어 스트리트 158번지(158 Telok Ayer Street)에 세워졌다. 1821년에 싱가포르 해안에 주로 중국 복건성에서 이민 온 어부들을 위해 바다의 여신인 '마조'에게 바다에서의 안녕을 기원하기 위해 세워진 조그마한 사묘로부터 출발이 되었다. 사원은 복건성 남부의 사원 건축 양식을 모방하였으며 1839년에 현재의 자리에 짓기 시작하여 1942년에 준공하였다. 1973년에는 싱가포르 문화유산으로 지정되었으며, 2001년 유네스코 아시아-태평양 문화유산상을 수상하였다.

1906년에는 건물을 개보수를 하였는데 잘 세공된 철문을 사용하고 타일을 사용하는 등 원래의 스타일을 해치지 않는 조건 하에서 서구의 건축 스타일을 가미하였는데 이러한 첨가물은 싱가포르 미래의 유물 보존 프로젝트의 좋은 건축적인 본보기가 되고 있다. 천복궁은 150년 동안 중요한 숭배의 장소로서 오늘날까지 이어지고 있다.

마조신앙(媽祖信仰)은 중국 복건성처럼 고대에 어업을 생계 수단으로 했던 곳에서 발생한 해신신앙이다. 마조는 여신으로 중국 동남 연안의 중심적 해신신앙으로서 천상성모, 천후, 천후낭낭, 천비, 천비낭낭 등으로도 불린다.

북송 때 사당을 세우고 숭배를 시작한 뒤로 마조신앙은 복건성, 절강성, 광동성 등 바다 연해를 중심으로 전파되었으며, 이후 해외로 나아가

천복궁.

대만, 일본, 태국, 말레이시아, 싱가포르 등지로 퍼져나갔다. 중국인들이 대량으로 해외 이민 활동을 하면서 마조신앙도 광범위하게 전파되었는데, 명조의 영락제가 통치하던 시대가 해외 전파가 최고조에 이르렀다. 이 시기는 중국인들이 대량으로 해외 이민을 했던 시기로 마조신앙도 따라서 광범위하게 퍼져나갔다.

중국의 마조신앙의 역사는 천백 년이며 중국인들이 '마조문화'라고 부를 정도로 바다 인근의 문화에 중대한 영향을 끼쳤다. 현재 세계 각지에서 마조신앙을 가지고 있는 사람은 약 2억 명 정도르 추산이 되고 있다.

마조신앙은 대만 화교 사회에서는 보편적인 민간 신앙의 하나이며 대

중국 전통 양식인 지붕 위에 빛나는 진주와 춤추는 용.

륙에서 많은 중국인이 건너간 뒤로 특히 대만에서는 4면이 바다로 둘러싸인 관계로 해상 활동이 빈번해지자 마조신앙은 더욱 발달되었다.

대만에서는 마조의 탄신일인 음력 3월 23일은 1년 중 최대의 종교 행사일이며 70여 개의 사원에서 동시에 향불을 태워 안녕을 기원한다. 마조신앙은 중국 복건성의 남방에서 어민을 수호하는 신이었으며, 싱가포르에는 복건성에서 넘어온 이민자가 많은 관계로 자연적으로 어민들을 중심으로 마조신앙이 융성하게 되었다.

마조를 모신 사당.

(좌)마조의 좌측 편에 위치한 관성제군의 사당과 (우)마조의 우측 편에 위치한
의약의 신인 보생대제의 사당.

☑ 부속 건물에 위치한 사원

천수관음보살 옆에 위치한 일광보살과 월광보살의 모습이 익살스럽다.

공자님을 모신 사당.

유네스코 문화상을 수상할 정도로 미려한 세공술이 돋보인다.

대문에는 복을 부르는 용상이 섬세하게 그려져 유네스코 문화유산으로서의
가치가 엿보인다.

2. 오해청 사원(奧海淸廟)

　오해청 사원의 이름은 중국 광조우에서 건너온 사람들이 지은 조용한 바다 사원이란 뜻이다. 필립 스트리트 30B 번지(30B Phillip Street)에 세워졌다. 역시 바다의 여신인 마조를 숭배하는 이민자들에 의해 생업 수단인 바다에서의 평안함을 기원하기위해 바다 근처에 세워졌다. 싱가포르에서 가장 오래된 도교 사원 중 하나이다. 사원은 전통 중국 양식으로 지어졌으며, 2개의 분리되어진 사당으로 이루어졌다. 한 개는 옥황상제를 모시는 사원이고 다른 하나는 바다의 여신인 천후마조의 상을 모시고 바다에서의 평안을 기원하는 사원이다. 지붕에는 중국의 전통 건물에서 흔히 볼 수 있는 빛나는 진주와 춤추는 용 조각이 설치되어 있다. 외국인 관광객들이 관광할 때 의례적으로 관람하는 곳이기도 하다.

사원 내의 전통 중국향.

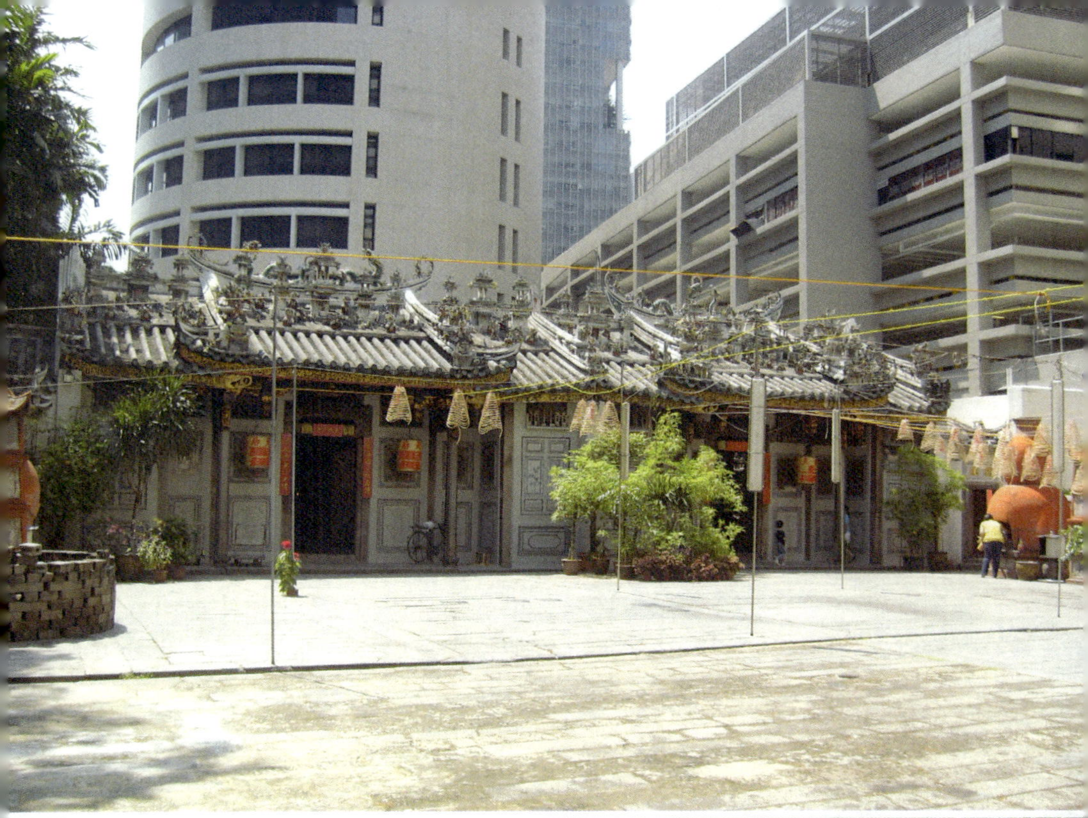

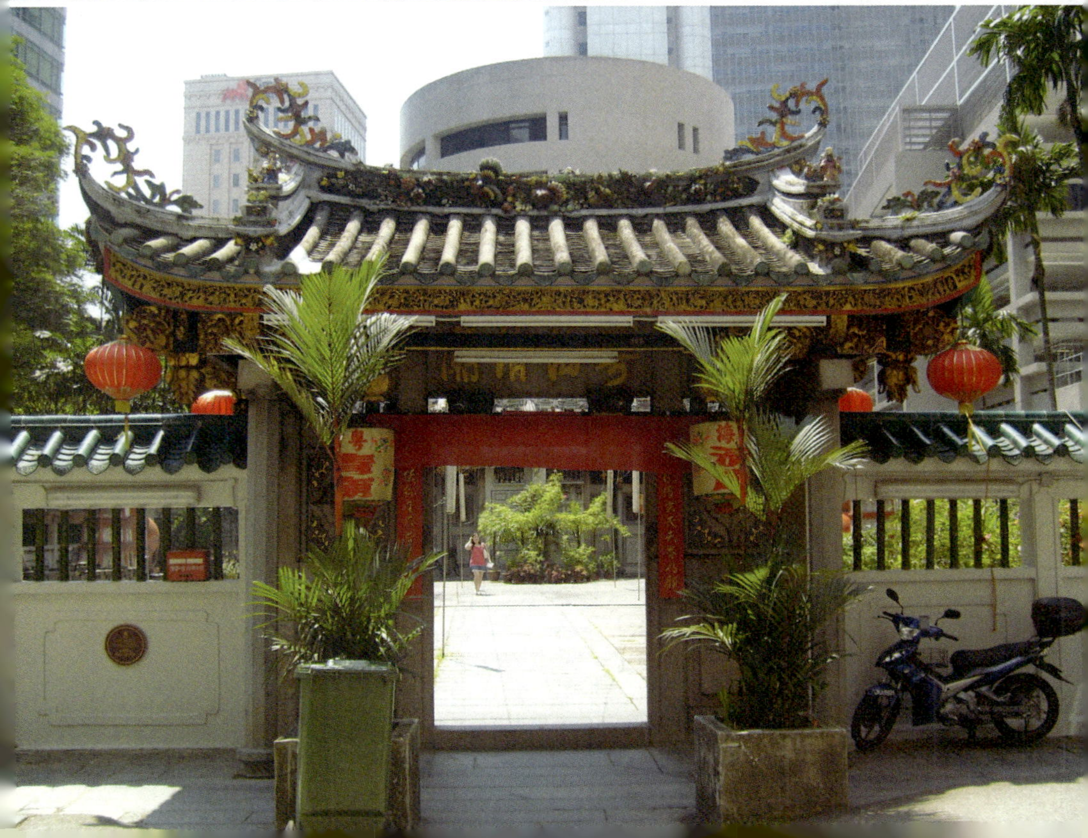

3. 보적궁(保赤宮)

보적궁은 복건성의 개장성왕 진원광을 기념하는 사원으로서 1876년에 싱가포르에 거주하는 진 씨 성을 가진 사람들이 메가진 로드 15번지(15 Magazine Road)에 건립하였다. 절묘한 풍수적인 가람 배치로 지어졌다고 하며, 현재까지도 진씨 성을 가진 인사들의 중심적인 종사이다.

개장성왕 진원광은 13세에 복건 지방의 안정을 위한 군대의 원정에 사령관인 아버지 진정(陳政)을 따라 나섰다가 당 고종 2년(677년) 아버지이자 장군인 진정이 죽자 아버지를 이어 군대를 지휘하였다.

진겸(陳謙), 묘자성(苗自成), 뇌만흥(雷萬興)의 난을 진압하고 복건 남부의 백성들이 편안한 삶을 살 수 있도록 지역을 안정화시키고 개발하였다. 진원광 시대의 복건성 장주는 12개의 다른 부족들이 섞여서 사는 시대였는데, 여러 부족들을 잘 어울러 성채를 짓고 군대를 훈련하며 평화를 회복시켰다.

결과적으로 복건성의 북쪽에 있는 천주(泉州)에서 남쪽으로는 조주(潮州), 서쪽으로는 공주(贛州: 강서성)에 이르는 넓은 지역을 안정화시키고 번영시켜 백성들이 편안한 삶을 살도록 했으며, 농사짓는 방법과 각종 생산 기술을 가르쳤다.

그러나 묘자성과 뇌만흥의 자식들이 다시 반란을 일으키자 난을 진압하는 과정에서 불의의 사고로 사망하자 장주의 백성들은 마치 부모를 잃어버린 것처럼 슬퍼했다.

보적궁 입구.

　많은 중국의 역대 황제들이 이 지역을 개발한 진원광의 공적을 기렸
다. 당나라 현종 재위시(712) 황제는 진유광을 ‘위대한 장군’ 또는 ‘장
주의 제후’ 라 부르고 그를 기념하기 위해 위대한 사원을 세우도록 명했
다. 송의 휘종은 위혜묘(威惠廟)라는 현판을 기증하였다.

　명나라 시대에는 장주의 사람들이 진윤광을 ‘신성한 왕, 장주의 개발
자’ 로 부르며 신성시하였다. 현재에는 복건성, 대만, 동남아시아를 통
틀어 100개 이상의 개장성왕인 진원광을 추모하는 사원들이 있다.

보적궁.

사원 내 봉황 조각.

4. 숭의묘
(崇義廟: 의리를 숭상하는 사원)

　숭의묘는 의리를 숭상하는 사당이란 뜻으로 삼국 시대의 관우를 모신 사당이다. 리버배일 크레슨트 80번지(80 Rivervale Crescent)에 세워졌다. 관우의 존호(尊號)는 문형성제(文衡聖帝), 협천대제(協天大帝), 삼계복마대제신위원진천존관성제군(三界伏魔大帝神威遠鎭天尊關聖帝君), 관성제군으로도 불리어진다.

　관성제군의 성은 관이요, 이름은 우이며, 자는 운장 호는 장생이다. 중국 하동군 양현의 상평촌(지금의 산동성) 사람이다. 외모는 신장은 5척이며, 수염의 길이는 2척이고, 붉은 대춧빛 얼굴이다.

　관씨(關氏)의 시조는 하나라 충신인 관용봉(關龍逄)이다. 하나라 말 황음무도한 걸왕에게 충심으로 국정을 바로잡기를 간하다 걸왕에게 죽임을 당하였다.

　조부의 이름은 관심이고, 자는 문지(問之), 호는 석반(石磐)이다. 그리고 부친의 이름은 관의(關毅)이고, 자는 도원(道遠)이며 성정이 효성스러웠다. 제군이 17세일 때 호부인을 아내로 맞이하여 세 아들 평(平)과 흥(興), 색(索)을 낳았다.

　제군의 소년 시절에는 재주가 있고 성정이 효순(孝順)하였으며, 성인이 되자 책읽기를 즐겨했으며, 무예를 익혀 만 명을 대적하는 용력을 갖추었으며 일평생 큰 뜻을 품었다.

숭의묘.

　주변의 토호가 백성을 학대하는 것을 보고 분연히 일어나 토호를 죽이고 망명하던 중 유비와 장비를 만나 도원에서 한 날에 태어나지는 않았으나 모두 같은 날 죽기로 형제결의를 하였다. 관공의 일생의 업적은 괴로움과 어려움을 인내하여 인, 의, 예, 지, 신 등의 오덕을 구비하고 실천하였음에 있다.

　붉은 단심(丹心: 한결 같은 마음)으로 한 왕실을 떠받들어 그 이름이 천추만세에 길이 전하여진다. 그 충의로 인해 세상 사람들에게 신선으로 받들어진다.

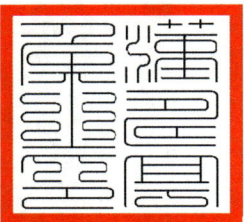

☑ 정후의 관인

관우가 한나라 황제로부터 받은 직위인 '정후'의 관인이다.

☑ 관우의 직인도장 형상

관우의 직인도장 형상으로, 손잡이가 순환하는 원으로 충, 효, 염, 절 등을 상징한다.

관우를 모신 사당.

관우를 모신 사당.

5. 삼청궁(三淸宮)

사원은 써베독 노트 애브뉴 4-21번지(21 Bedok North Avenue 4)에 있다. 삼청궁의 삼청은 옥청(옥청), 상청(상청), 태청(태청)을 합친 말로 도교의 최고 높은 신선을 말한다. 옥청은 옥청원시천존을 말하며 상청은 상청영보천존, 태청은 태청도덕천존의 줄인 말이다.

도교에서는 우주만물의 창조자로서 세 분 신선을 모신 사당을 삼청궁이라고 하며 도교 최고의 이상향을 말한다. 옥황원시천존(玉淸元始天尊)은 혼동태무원의 푸른 기운의 화신이며, 천보군이라 일컬으며 원시천존이라고 한다. 손에 혼원 구슬을 가지고 대전의 가운데에 위치한다. 탄신일은 음력 1월 1일이며 민간에서는 동지 일에 제사를 지낸다.

상청영보천존(上淸靈寶天尊)은 적혼태무원의 현묘한 황색 기운의 화신이며 영보군이라 일컬으며 영보천존이라 한다. 원시천존의 좌측에서 손에 여의봉을 지니고 있다. 탄신일은 음력 오월이며 민간에서는 하지 일에 제사를 지낸다.

태청도덕천존(太淸道德天尊)은 명적현통원의 현묘한 백색 기운의 화신이며 신보군이라고 일컬으며 도덕천군이라고 한다. 즉 태상노군인 노자를 말한다. 원시천존의 우측에서 백발노인이 손에 깃털로 만든 부채를 지니고 있는 형상이다. 탄신일은 2월 15일로 도관에서는 탄신일에 연회를 개최하고 복과 수명을 기원한다.

삼청궁 본전.

도교의 최고 신선들을 모신 대라전의 내부.

공자님과 제자를 모신 사당.

중국 도가 용문파 세 분 조사를 모신 사당.

가운데 모신 상이 부우제군 여동빈조사.

부우제군(孚佑帝君)은 여동빈조사로 탄신일은 음력 4월 14일이며 도가명호로는 도진인, 묘도천존, 순도연정경화진군, 부우제군, 정양제군 등이다. 도교 팔선 중의 한 사람으로 이름은 암(巖)이요, 자는 동빈(洞賓), 호는 순양자(純陽子)이다. 당나라 성서성 장안현 사람으로 어릴 적에는 총명하고 기품이 빼어나서 10세에 문장을 지었고, 15세에 무술에 능했으며 일찍이 수백 가지의 경전에 통달했다.

당 문종 2년에 진사에 급제하여 강주 덕화현의 현령으로 부임하였으나 재상 이덕유가 당을 만들어 정치를 사사로이 하자 여조는 협조를 거부하고 심산유곡의 동굴에 은거하였다. 수도하는 동굴의 입구가 2개가 있는바 성은 구멍을 뜻하는 口(입 구)를 2개 붙여 呂(음률 여)로 바꾸고 스스로를 동굴에 사는 손님이라 칭해 동빈(洞賓)으로 정하였다.

64세 때 장안을 유람하면서 기이하면서 고풍이 있는 운방 선생 이라 칭하는 선비를 만나 하루 숙식을 같이 하게 되어 저녁에 운방 선생이 음식을 만드는 사이 여동빈은 잠시 졸게 되었다. 꿈에 여동빈은 장원급제를 하고 출세를 하고 자손이 번성하였고 영화가 극에 달하였다.

그러나 일순간 중죄를 짓고 가산은 몰수당하고 처자식은 흩어졌으며, 노년이 되자 궁하고 괴로움에 병까지 앓아 홀로 노천에 우두커니 서서 손을 떨면서 탄식을 하던 중 홀연히 꿈속임을 깨닫고 일어나니 끓이던 밥이 아직 익지도 않은 지라 운방 선생이 갑자기 "누른 기장쌀은 아직 익지도 않았는데, 꿈속에서는 벌써 반찬을 먹었는가?"라고 묻자, 여동빈이 깜짝 놀라 선생이 어찌 나의 꿈을 아느냐고 되묻자 운방 선생이 답하기를 "생이 만 가지 모습으로 변화하고 영욕이 천 가지로 갈라지더라도 50년 인생이 한 찰나가 아니던가."라고 하였다.

여동빈은 인생이 일장춘몽임을 깨닫고 운방 선생에게 도를 배우기를 청했는데, 운방 선생이 다름 아니라 신선이신 종리권(鍾離權) 선생이었다. 이후 종리권 선생으로부터 열 가지의 시험의 관문을 통과하고서야 도를 전수받을 수 있었다고 한다. 여동빈 선사는 중국 도교 왕중양이 창설한 전진교의 북방오조 선사 중 한 명이고 전설이 많다. 저서로는 성덕편(聖德篇), 지현편(指玄篇), 충효과(忠孝課) 등이 있다.

문창제군(文昌帝君)은 본명은 장아자이고, 서진 시대 음력 2월 3일에 출생하였다. 후에 칠곡산(사천성 재동현)으로 이주하여 살았다. 도교를 신봉하였으며 사천에서 널리 도교의 교의와 음덕을 행하였다.

사후에 인품과 덕을 사모하여 사람들이 칠곡산에 사당을 짓고 이름하여 청허관(淸虛觀)이라 하였다. 도교에서는 생전에 쌓은 음덕으로 천상신선이 되었다고 한다. 기념비에 재동군(梓潼君)이라 하여 사람들이 재동신으로 제사를 지내고 공경하였다. 후에 문창제군으로 불렸으며 청대 이후에 조정에서 음력 2월 3일을 기해 북경 문창묘에서 제사를 지냈다.

문창성은 북두칠성의 여섯 번째 별로서 고대 점성가들이 길한 별로 구분하는데, 도교에서는 공명과 녹봉을 담당하는 별이다. 수당 시대에 과거 제도가 생긴 이래로 문사들이 예배하고 제사지내는 별이며 문창제군이 공부하는 선비의 공명과 녹을 담당한다고 하여 중국에서는 학자와 책을 읽는 사람은 필히 제사를 지낸다.

남송 때 도교의 승려가 '문창제군음즐문'을 지어 세상에 퍼뜨렸는데 그 영향이 매우 커서 '태상감응편', '각세진경'과 더불어 3개의 대표적 선을 권하는 경문이 되었다. 음력 2월 3일이 탄신일이다

삼청궁 내의 도관.

삼청궁 내의 도관에서 여도사가 의식을 진행하는 모습.

제자 중 한 명이 도사에게 경문을 읽어 고하는 모습.

행사 마지막으로 경문을 고한 뒤 소각하는 모습.

96

6. 수덕선당 토파요지원

　싱가포르 수덕선당협회는 토파요 로롱 6-2번지(2 Lorong 6 Toa Payoh)에 1916년 창설되었으며, 고승인 송대봉조사를 기리는 사원이다. 대봉조사는 북송 말기의 인물로 복건성 화평리에 살면서 깊고 넓으며 빠른 물살로 인해 많은 사람들이 강을 건너다 죽음을 당하자 대봉조사는 많은 사람을 위해 다리를 놓기로 서원하였다. 그러나 그의 계획을 들은 사람은 무모하다 하여 비웃었다. 그러나 조롱에 개의치 않고 그는 기금을 모으기 시작하며, 그 지역의 수심을 재고 필요한 목공과 벽돌공의 인원수를 체크하는 등 실질적인 현장조사를 시작하였다.

　아무도 그가 무엇을 하는지도 몰랐으며, 어느 날 대봉조사는 곧 사라졌다가 놀랄 정도의 많은 기금을 가지고 다시 나타났다. 돌아온 지 5년 후 대봉조사는 보트에 1년 동안 공사를 끝내기 위해 필요한 음식과 목재, 돌과 인부들을 실어 날랐다. 19개의 아치를 가진 장대한 다리를 건설하던 중 대봉조사가 입적하자 주민들이 그 해 공사를 모두 마쳤다.

대봉조사는 건설 중에 그 도시의 성황묘를 기리는 기념비를 세우자 7일 동안 물이 마르는 기적이 일어나기도 하였다. 화평리의 백성들이 그의 은혜를 보답하기 위해 화평리의 웅사산에 주민들이 보덕당이라는 이름으로 사원을 지어 그의 공덕과 정신을 추모하였다. 이러한 보덕당이 점차 민간의 자선 단체로 발전하여 싱가포르, 말레이시아, 태국, 홍콩 등에 이백여 개의 민간 구휼 단체가 형성되었다. 싱가포르에서는 1916년에 도움이 필요한 어려운 사람을 보살펴줄 목적으로 형성되었다.

1949년부터 고통을 느끼는 환자를 보살피며 의료 시설을 만들어 치료를 시작했다. 이후 수덕선당협회는 동남아시아 지역으로 구제 활동을 넓혔으며 싱가포르와 말레이시아에 1개의 본부와 6개의 지점을 설치하면서 왕성한 활동을 하고 있다.

수덕선당 본채.

후원.

7. 로양대백공 사원(洛陽大伯公宮)

　대백공 사원은 로양웨이 20번지(20 Loyang Way)에 위치한다. 대백공은 중국의 민간 신앙으로서 토지의 수호신을 말하며 '복덕정신', '대백공', '백공', '토지공' 등으로 불리어진다.

　대백공 신앙은 유불도 삼교가 형성되기 훨씬 이전부터 중국인들이 믿어온 신앙이다. 고대의 농가 사회에서 예측 불가능한 자연 재해에 대한 두려움으로 인해 음력 2월 2일 대백공의 탄신일에는 '춘제(봄 제사)'와 오곡을 거둬들이는 음력 8월 15일에는 '추제(가을 제사)'를 지냄으로써 토지신에게 감사하는 행사를 했다. 이것이 바로 종교 활동의 기원이 되었다.

인간이 관계하는 모든 땅의 관리자인 대백공은 인간 생명의 탄생과 성장, 결혼과 죽음, 재앙과 강우 등 인간의 제반사를 담당하는 수호신으로 기복의 대상이었다. 현재도 화교 사회에서는 특히 재물을 담당하는 신으로 상행위를 하는 많은 사람들이 복을 비는 공경의 대상이다. 불확실한 미래에 대해 대백공사원에서 점괘를 뽑아 미래를 알아보는 것은 우리가 매번 사주 철학관을 찾는 것만큼 일상적인 일이다.

고기를 먹은 사람은 사원 출입 금지이다. 부정한 몸을 청결하게 하기 위해 이 곳에서 향을 피우고 그 향으로 몸을 씻고 입실한다.

미래를 묻기 위해 점괘 통을 흔들어 괘가 빠져나오기를 기다리는 모습으로 싱가포르 사원에서는 너무나 일상적인 모습이다.

점괘에 나온 숫자를 찾아 통의 서랍을 열고 숫자의 의미를 파악하여 소원의 성사 여부를 판단한다.

제3부

도교 경전

1. 노자의 태상감응편(太上感應篇)

☑ 태상노군(노자)의 말씀

太上是太上老君
태상은 태상노군을 말하는 것으로

姓李名耳
성은 이(李) 씨요 이름은 이(耳)이시다.

得道爲仙家之祖
득도하여 선가를 만드신 분으로

係上天至尊之聖
계보로 보면 하늘의 존귀한 분으로서 성인이시다.

感應篇是太上勸人作善之書
감응편은 태상노군이 사람들에게 선을 권한 책으로서

感是感動應是報應
감은 감동을 말하며 응은 보응을 말하는 것이다.

太上曰禍福無門
태상노군이 말씀하시길 화복은 문이 없어

惟人自召
사람이 스스로 부르나니

善惡之報如影隨形
선악의 과보는 형체에 그림자가 따르는 것과 같으니라.

106

是以天地有司過之神
하늘과 땅에 죄를 감찰하는 신이 있나니

依人所犯輕重以奪人算
사람의 지은 죄의 가볍고 무거움에 따라 사람의 수명을 감하고

減則貧耗
그 벌로써 빈곤과 괴로움을 내리고

多逢憂患
많은 우환이 따르게 하느니라.

人皆惡之刑禍隨之
악을 지은 사람은 형벌과 사고와 해를 당하고

吉慶避之惡星災之
길하고 경사로운 일이 피해 가며 악성이 재앙을 내려

算盡則死
수명이 감해져 죽음에 이르나이다.

又有三台北斗神君在人頭上
또 사람의 머리 위에 삼태북두신군이 계셔

錄人罪惡
사람의 죄악을 기록하고

• 삼태북두신군(三台北斗神君): 도교의 신령으로 상태, 중태, 하태의 3명의 신령으로 구성
되며 상태(上台)는 사람의 생사를 관할하며, 중태(中台)는 사람의 복을, 하태(下台)는 녹봉
을 관할한다고 한다.

奪其紀算又有三尸神在人身中
그 수명을 삭제하며 사람의 몸 안에는 삼시신이 있어

• 삼시신(三尸神): 도교에서 나온 말로 사람의 몸 안에서 그 죄를 감찰하여 매 경신일마다
하늘로 올라가 하느님에게 그 사람의 과오를 보고하며 상시, 중시, 하시로 나뉘며 상시는
청고(靑姑), 중시는 백고(白姑), 하시는 혈고(血姑)로 불리어지며 성은 팽(彭)이라고 한다.

每到庚申日輒上詣天曹言人罪過
경신일에 하늘에 올라가 사람의 죄과를 아뢰며

月晦之日灶神亦然
매월말일에 조신 또한 그러하니라.

• 조신(灶神): 도교 신앙에서 나온 말로 가정에서 인간의 음식 제작을 하는 불을 주관하며 개개의 가내의 인간의 죄악을 감찰하여 매월 그믐날 하늘로 올라가 사람의 죄상을 보고하며 수명을 삭제한다고 한다.

大則奪紀
사람이 죄가 있으면 크게는 1기를

小則奪算
작게는 1산의 수명을 삭제하며

• 1기(紀)는 12년을 말하며, 1산(算)은 3일을 말하는데, 중국 경조전서(敬灶全書)에서는 '조신(조왕)은 한 집안의 선악을 감찰하여 공과 과오를 기록하여 천상에 아뢰어 과오가 크면 300일, 작으면 100일의 수명을 삭제한다.'고 하여 1기에 대해서는 여러 가지 이론이 있다.

其過大小有數百事
그 죄과가 크고 작게 수백 가지에 이르나니

欲求長生者先須避之
오래 살려는 사람은 먼저 죄를 피하여야 하느니라.

是道則進非道則退
즉 도리에 맞으면 행하고 도리에 맞지 않으면 물러서야 하느니라.

不履邪徑
사악한 곳에는 가지를 말며

不欺暗室
사람이 보지 않는 곳에서도 양심을 속이지 말고

積德累功
선한 마음과 선한 일을 행해 덕을 쌓고

慈心於物忠孝友悌
자비로운 마음으로 사물을 대하고 충효하고 형제간에 공경하며

正己化人
바름으로써 자신을 교화하라.

矜孤恤寡
홀로 된 이를 불쌍히 여기고 과부를 보살피며

敬老懷幼
노인을 공경하고 어리고 약한 사람을 보살피도록 하라.

昆蟲草木猶不可傷
곤충과 초목까지도 가히 상하게 하지 말지니

宜憫人之凶樂人之善
흉한 일을 보면 근심하며 선한 일을 보면 마땅히 즐거워하라.

濟人之急救人之危
사람의 위급함을 건지며 위태로움을 구하며

見人之得如己之得
다른 사람의 이익을 보면 내 이익같이 여기고

見人之失如己之失
다른 사람의 손실을 보면 내 손실같이 생각하라.

不彰人短不炫己長
다른 사람의 단점을 드러내지 말며 내 장점을 자랑 말고

遏惡揚善
악을 억누르며 선을 도우며

推多取少
많은 것을 거절하고 적은 것을 취하라.

受辱不怨
욕된 일을 당하더라도 남을 원망하지 말며

受寵若驚
은혜로운 일을 받으면 오히려 두려워하라.

施恩不求報
은혜를 베풀었을 때는 갚기를 기대하지 말며

與人不追悔
사람에게 나누어주고 후회하지 말라.

所以善人人皆敬之天道佑之
사람이 선한 일을 하면 사람마다 공경하고 하늘이 도우며

福祿隨之衆邪遠之神靈衛之
복록이 따르고 마귀가 피하여 도망가며 참된 신령이 보호하리니

所作必成神仙可冀
하는 일마다 반드시 이룰 것이며 가히 신선의 반열에 오를 것이다.

欲求天仙者
천상신선이 되고자 하는 사람은

當立一千三百善
마땅히 일천삼백 가지 선을 쌓아야 하고

欲求地仙者
지상신선이 되고자 하는 사람은

當立三百善
마땅히 삼백 가지 선을 쌓아야 하느니라.

苟或非義而動
진실로 미혹하여 의롭지 못한 데 마음을 움직이지 말며

背理而行
하늘의 이치를 배반하는 행동을 하지 말라.

以惡爲能
악으로써 능함을 삼으면

忍作殘書
자신의 몸과 재산의 손실을 과보로 받아야 하느니라.

陰賊良善
선량한 사람을 해하지 말며

暗侮君親
사람이 보지 않는 곳에서도 임금과 부모를 업신여기지 말라.

慢其先生叛其所事
스승을 속이지 말며 배운 바대로 행하던 일을 배반하지 말라.

誑諸無識謗諸同學
무식한 사람을 속이지 말며 같이 공부한 동문을 비방하지 말라.

虛誣詐僞
있지도 않는 일을 만들어 무고하지 말며

攻訐宗親
피를 나눈 육친을 간사히 공격하지도 말며

剛强不仁
성격이 강하고 난폭하여 참지 못하고

狠戾自用
비뚤어지고 어그러진 마음을 바르다고 알지 말며

是非不當
남과 부당한 시비를 말며

向背乖宜
등을 돌려 은혜를 베푼 사람을 배반하고

虐下取功
아랫사람을 학대하여 그 공을 취하고

諂上希旨
윗사람에게는 아첨하여 뜻을 흐리게 하며

受恩不感
은혜를 받고도 감사하게 여기지 않고

念怨不休
원망하는 마음이 속에 남아 끊어지지 않으며

輕蔑天民擾亂國政
백성을 경멸하고 국가의 일을 어지럽게 하며

賞及非義刑及無辜
옳지 않은 일에 상을 내리며 죄가 없음에도 형벌을 주며

殺人取財
사람을 죽여 그 재물을 빼앗고

傾人取位
사람을 위태롭게 만들어 그 지위를 빼앗으며

誅降戮服貶正排賢
항복한 사람을 죽이며 바르고 현명한 사람을 낮추어 배척하며

凌孤逼寡
홀로된 사람을 깔보며 과부를 위협하지 말라.

棄法受賂
법을 어기고 뇌물을 받으며

以直爲曲以曲爲直
곧은 것을 굽다 하고 굽은 것을 곧다 하며

入輕爲重
가벼운 것을 위중하게 만들지 말며

見殺加怒
살아있는 것을 죽이는 것을 보고 분노하지 않으며

知過不改見善不爲
잘못됨을 알고도 고치지 않고 착한 일을 알고 행하지 아니 하며

自罪引他壅塞方術
자신의 죄를 남에게 뒤집어씌우며 저급한 술수를 부리고

訕謗聖賢侵凌道德
성현을 비방하고 도덕을 무너뜨리며

射飛逐走
새와 짐승을 이유 없이 죽이고

發蟄驚棲
벌레를 파서 없애며 산천에 깃들어 사는 것을 놀라게 하고

塡穴覆巢
짐승과 새의 보금자리를 메우고 엎어버리며

傷胎破卵
임신한 생명을 상하게 하고 알을 깨버리며

毁人成功
사람을 훼방하여 그 공을 가로채고

危人自安
사람을 위태롭게 하여 자신을 편안하게 만들며

減人自益
남에게 손실을 입혀 자신을 이롭게 만들며

以惡易好
좋지 않은 것을 좋다 하고

以私廢公竊人之能
개인적인 일로 공공의 일을 중지하며 다른 사람의 재능을 훔치며

蔽人之善形人之醜
다른 사람의 선한 일을 숨기며 남의 약점을 드러내며

訐人之私耗人貨財
남의 사사로운 일을 일러바치며 남의 재물을 손상케 하고

離人骨肉侵人所愛
남의 골육을 이간질하고 그 사람의 사랑하는 것을 빼앗으며

助人爲非逞志作威
잘못된 것을 알고도 도와주며 뜻을 방자히 가져 위세를 부리며

辱人求勝敗人苗稼
타인을 욕보이고 자신의 이익을 구하고 남의 곡식 이삭을 해치고

破人婚姻苟富而驕
남의 혼인을 깨버리며 옳지 못한 방법으로 부를 구하고 교만하며

苟免無恥
구차하게 위급한 일을 면하고 부끄러운 줄 모르며

認恩推過
은혜를 모른 척하며 일의 잘못됨을 남의 탓으로 돌리며

嫁禍賣惡
음험하여 화를 떠넘기고 악한 행동을 조장하며

沽買虛譽
거짓 모습을 꾸며 헛된 이름을 얻고

包貯險心挫人所長
음험한 마음을 깊게 숨겨 놓고 다른 사람의 장점을 깎아내리고

護己所短乘威迫脅
자신의 결점을 옳다 하며 지위를 이용하여 협박하고 포악하여

縱暴殺傷無故剪裁非禮烹宰
살상을 함부로 하며 이유 없이 재미로 산 것을 삶아 죽이며

散棄五穀勞擾衆生
오곡을 함부로 버리고 사람들을 힘들게 하며

破人之家取人財寶
남의 가정을 파탄에 빠뜨리고 남의 재물을 취하고

決水放火以害居民
물을 돌리고 불을 질러 사는 사람을 해롭게 하며

紊亂規模以敗人功
규모를 어지럽게 하고 남의 공을 없애버리며

損人器物
남의 물건을 파손하며

以窮人用見他榮貴願他流貶
남의 쓸 것을 궁하게 하며 남의 번영과 귀함을 비난하고

見他富有願他破散
남의 부유함을 보고 파산하길 원하며

見他美色起心私之
남의 처자의 아름다움을 보고 사사로운 마음을 일으키며

負他貨財願他身死
남의 재물을 손상시키고 남이 죽기를 바라며

干求不遂便生咒恨
간구하다가 못 이루매 문득 원망하고 저주하며

見他失便便說他過
남의 그릇됨을 보고 그 사람의 과오를 말하며

見他體相不具而笑之見他才能可稱而抑之
남의 신체불구를 보고 희롱하며 남의 재능을 보고 억누르려 하며

埋蠱厭人
나무인형을 땅 속에 파묻어 사람을 저주하며

用藥殺樹
약을 뿌려 나무를 죽이고

恚怒師傳抵觸父兄
스승에게 성내고 부모와 형제의 뜻을 거역하고 공손치 않으며

强取强求
분수에 넘치게 가지고 구하려는 마음이 너무 강해

好侵好奪擄掠致富
남의 것을 약탈하고 빼앗기를 좋아하며 노략질하여 부자가 되고

巧詐求遷
간교한 계책으로 지위가 오르기를 원하며

賞罰不平
상과 벌이 공평하지 못하며

逸樂過節苛虐其下
유흥을 과도히 하고 아랫사람을 가학하며

恐嚇於他
남을 협박하고 노하게 하며

怨天尤人訶風罵雨
하늘을 원망하고 사람을 탓하며 바람을 꾸짖으며 비를 욕하고

鬪合爭訟妄逐朋黨
참된 것을 잘못됐다 소송하고 망령되이 붕당을 만들어 따르며

用妻妾語違父母訓
처와 첩의 말만 옳다 하고 부모의 가르침은 따르지 않고

得新忘故貪冒於財
새로운 것을 얻으면 옛 의리를 버려버리고 재물을 탐하며

欺罔其上造作惡語
윗사람을 속이고 나쁜 말을 지어 만들어

讒毀平人毀人稱直
올바른 사람을 중상모략하고 남을 훼방하고 스스로 옳다 하며

罵神稱正
신을 비방하고 스스로 바르다 하고

棄順效逆
천리를 버리고 옳지 못한 일을 따르며

背親向疏
가족을 배반하고 남을 따르며

指天地以證鄙懷
천지를 가리켜 더러운 마음으로 비난하고

引神明而鑑猥事施與後悔
신명에게 기도하여 외람된 일을 소원하며 베풀고 후회하며

假借不還
재물을 빌려오고 돌려주지 아니하며

分外營求
망상으로 분에 넘치는 일을 구하며

力上施設淫慾過度
분에 넘치는 과도한 일을 벌이며 음욕이 과도하며

心毒貌慈
마음은 독하나 얼굴은 인자하게 꾸미며

穢食餧人
더러운 음식으로 남을 먹이며

左道惑衆
술수를 부려 대중을 미혹하게 하며

短尺狹度
측량을 거짓되게 하여 이익을 취하고

輕秤小升
저울을 가볍게 하고 되를 적게 하며 이익을 취하며

以僞雜眞採取姦利
거짓 것을 참 것 속에 섞어 속여 팔아 간악한 이익을 취하며

壓良爲賤眞驀愚人
선량한 사람을 힘을 이용하여 천하게 만들며 미련한 이를 속이며

貪婪無厭
탐욕스러워 만족할 줄 모르며

呪詛求直
저주하여 자신에게 이익 됨을 구하며

嗜酒悖亂
술에 취해 사리에 벗어난 행동을 하며

骨肉忿爭
피를 나눈 형제간에 서로 싸우며

男不忠良
남자가 충성스럽고 선량하지 않고

女不柔順
여자가 부드럽고 순하지 않으며

不和其室不敬其夫
아내와 화목하지 않고 남편을 공경하지 않으며

每好矜誇
매양 교만하여 타인을 업신여기길 좋아하며

常行妬忌
항상 시기하여 타인을 증오하며

無行於妻子失禮於舅姑
처와 자식을 돌보지 않으며 늙으신 부모에게 무례한 행동을 하며

輕慢先靈
돌아가신 조상을 없다 하여 무시하며

違逆上命
윗사람의 명을 위반하고 배신하며

118

作爲無益
오직 자신에게 이익 된 일만 만들며

懷挾外心自呪呪他
의심하는 마음을 깊이 감춰 숨겨 놓으며 자신과 남을 원망하며

偏憎偏愛
증오하였다가 문득 사랑하기도 하고

越井越灶跳食跳人
우물과 부엌을 넘어 다니며 사람과 음식을 뛰어넘으며

損子墮胎
남의 자식에 해를 입히고 임신 중인 생명을 떨어지게 하며

行多隱僻
남 몰래 숨어 바르지 못한 행동을 하며

晦臘歌舞
그믐날과 납향날 노래 부르고 춤추며

• 납일(臘日), 납향(臘享)날: 납은 모든 신을 합쳐서 제사하는 고대의 중요한 활동을 일컫는 말로써, 납일(옛말은 납향날)은 민간에서 신에게 제사를 지내는 날이라는 의미이다.

朔旦號怒
초하룻날 아침에 소리 지르며 성내고

• 삭(朔): 음력의 매월 1일 초하루 삭이다.

對北涕唾及溺
북쪽을 대하여 눈물을 흘리고 침 뱉으며 오줌 누고

• 도교 신앙에서 나온 이야기로 북쪽은 북두칠성이 있는 곳으로 모든 신들이 거주한다 하여 북쪽을 향하여 잘못된 행동을 하지 말라고 경고한다.

對灶吟詠及哭又
부엌을 향하여 중얼거리고 노래 부르거나 울며

以灶火燒香穢柴作食

부엌불로 향을 피우고 더러운 나무로 불을 때 음식을 짓고

夜起裸露

밤에 일어나 옷을 벗고 거리를 돌아다니며

八節行刑

팔절일에 형벌을 행하며

• 팔절일(八節日): 절기가 변하는 날을 총칭하는 말로 입춘, 춘분, 입하, 하지, 입추, 추분,
입동, 동지의 8개의 절일이다.

唾流星

흐르는 유성에 침을 뱉고

指虹霓輒指三光

무지개와 삼광을 보고 빈번하게 손가락질을 하며

• 삼광: 해(日), 달(月), 별(星)이 내는 세 가지 빛을 말한다.

久視日月

해와 별을 오랫동안 쳐다보고

春月燎獵對北惡罵

봄에 산에 불을 내어 동물을 사로잡고 북쪽을 향하여 꾸짖으며

無故殺龜打蛇

이유 없이 거북을 죽이고 뱀을 때리면

• '말 못하는 짐승을 학대하면' 이라는 뜻이다.

如是等罪司命隨其輕重

이와 같은 죄는 사명이 그 죄의 가볍고 무거움에 따라

• 사명(司命): 도교신선, 사명진군(司命眞君) 등의 약자로 가정의 불을 관리하는 조신(灶
神)의 다른 이름이다.

奪其紀算算盡則死
죄인의 수명을 빼앗나니 수명이 모두 감해지면 죽게 되며

死有餘責
죽어서도 남아 있는 죄가 있으면

乃殃及子孫
재앙이 자손에게 이르게 될 것이다.

又諸橫取人財者
또 남의 재물을 횡령하여 취한 자는

乃計其妻子家口以當之
가족을 헤어지게 함으로써 죄를 갚고

漸至死喪
점점 죽음에 이르게 될 것이며

若不死喪則有水火盜賊
혹 죽지 않게 되면 물과 불의 재난과 도적을 당하게 함으로써

遺亡器物疾病口舌諸事以當
재산을 날리게 되며 질병과 구설의 제반 일을 당함으로써

妄取之値
망령된 행동의 대가를 받게 될 것이다.

又枉殺人者是易刀兵而相殺也
사람을 죽인 자는 칼을 든 다른 사람에게 죽임을 당할 것이오.

譬如漏脯救饑
의롭지 못하게 재물을 모은 자는 상한 고기로 배고픔을 해결하고

鴆酒止渴
오염된 물로 목마름을 해소하여

非不暫飽
잠시 동안의 배부름이 없진 않으나

死亦及之
또한 죽음에 이르게 될 것이다.

夫心起於善
사람이 선한 마음을 일으키면

善雖未爲而吉神已隨之
선한 일을 미처 못 하였더라도 길신이 따라다니며

或心起於惡
악한 마음을 일으키면

惡雖未爲而凶神已隨之
악한 일을 하지 않았더라도 흉신이 따라다니느니라.

其有曾行惡事後自改悔
비록 악한 일을 행함이 있을지라도 후에 뉘우치고 고쳐

諸惡莫作衆善奉行
모든 악한 일을 하지 말고 선한 일을 찾아 행하면

久久必獲吉慶
오래지 않아 필시 길한 일과 경사스러운 일이 있으리니

所謂轉禍爲福也
이것이 바로 화를 바꿔 복으로 만드는 것이다.

故吉人語善視善行善
따라서 선한 사람이 선을 말하고, 행하고, 보며

日有三善三年天必降之福
매일 세 가지 선업을 지으면 삼 년 안에 반드시 복이 오고

凶人語惡視惡行惡一日有三惡
흉한 사람이 악을 말하고, 보며, 행하며 매일 세 가지 악을 지으면

三年天必降之禍胡不勉而行之
삼 년 안에 반드시 화가 닥치리니 어찌 열심히 행하지 아니하리오!

這是太上
위의 글은 노자께서

勸人勉力行善
세상 사람들에게 힘써 선을 행하기를 권한 것이니

總要人向善背惡
모든 사람은 선을 향하고 악을 등지며

出禍關入福路
해로운 길에서 벗어나 복이 있는 곳으로 오라.

一片救世苦心
세상을 구제하고자 하는 고뇌어린 마음은

盡情發露
진정 인간을 사랑하는 태상노군의 마음의 발로이시니

人那可不敬信奉行
어찌 인간이 공경과 신의를 가지고 받들어 행하지 아니하리오.

文昌帝君說勸世人
문창제군이 말씀하시길 세상 사람들에게 권하노니

每日淸晨誦持感應篇一遍
매일 아침 동이 틀 무렵 감응편을 한 번 읽으면

可以消愆滅罪
가히 허물이 사라지고 죄가 소멸될 것이니라.

又說感應篇行之三年萬罪消滅
또 감응편을 읽은 지 삼 년이 되면 만 가지 죄가 소멸될 것이오.

行之四年百福皆集
사 년이 되면 백 가지 복이 모이고

行之七年子孫賢明榮登科第
칠 년이 되면 자손이 현명해지고 과거에 급제하는 영광을 누리고

行之十年壽命延長
십 년이 되면 수명이 연장되며

行之十五年萬事如意
십오 년이 되면 모든 일이 뜻한 바대로 이루어지며

行之二十年子孫爲卿相
이십 년이 되면 자손이 경상의 자리에 오르며

• 경상(卿相): 6경(6조 판서)과 3상(삼정승)을 일컫는 말로 재상으로도 해석되며 자손이
훌륭하게 된다는 의미이다.

行之三十年注名仙籍
행한 지 삼십 년이 되면 이름이 신선의 명부에 적히고

行之五十年天神恭敬
오십 년이 되면 천신이 공경하고

名列仙班
이름이 신선의 반열에 오를 것이다.

讀感應篇者務要盡心盡力
만약 감응편을 전심전력으로 읽으면

把此作性命的事
성과 명을 한 손에 쥐고 흔들 것이니라.

2. 노자의 태상육자기결(太上六字氣訣)

老君有玉軸經言
노자께서 옥축경에 말씀하시길

五臟六腑之氣因五味
오장육부의 기운으로 인하여 다섯 가지 맛을 느끼나니

• 오장육부의 기(氣): 금, 목, 수, 화, 토의 다섯 가지의 성질을 가진 기운이다.

薰灼不和
다섯 가지 기운이 조화되지 못하거나

• 훈작(薰灼): 마치 나무가 불에 타서 재로 되듯 욕망에 의하여 몸의 기운이 서로 얽혀져 있는 것을 뜻한다.(조화를 상실함을 표현)

又六欲七情久生疾內傷臟腑
육욕칠정이 오래 지속되면 내부에 질병이 생겨 장부를 상해

• 육욕(六欲): 사람의 인식의 여섯 가지 뿌리인 눈(眼), 귀(耳), 코(鼻), 혀(舌), 몸(身), 뜻(意)로 인해 생기는 욕구이다.

外攻九竅以致百骸受病
병균이 외부에서 아홉 구멍을 통해 모든 뼈에 이르면 병이 생겨

• 구규(九竅): 인체 내에 눈, 코, 입, 귀, 요도, 항문의 외부와 연결되는 아홉 구멍이다.

輕則痼癖甚則盲廢
가벼우면 고질병이 되고 심하면 눈이 멀고 몸이 망가지며

又重則傷喪亡
아주 심하면 몸이 이지러져 죽음에 이른다.

故太上憫之以六字氣訣
그리하여 태상노군께서 가엾게 여기시어 육자기결로서

治五臟六腑之病
오장육부의 병을 치료하도록 하는 것이니

其法以呼而自瀉出臟腑之毒氣
그 법은 내쉬는 숨으로 장부에 숨어 있는 독기를 스스로 배출하며

以吸而自採天地之淸氣以補之
들이쉬는 숨으로 천지의 맑은 기운을 스스로 채집하여 보함으로

當日小驗
하루를 시행하면 약간의 증험이 있고

旬日大驗年後萬病不生
열흘을 시행하면 큰 증험이 있고 오래되면 만병이 생기지 않으니

延年益壽衛生之寶
수명이 더욱더 오래 늘어 나가니 삶을 보호하는 보물이니

非人勿傳
함부로 전하지 말라.

呼有六曰
내쉬는 숨에는 여섯 가지가 있으니

'呵, 呼, 呬, 吹, 嘻, 嘘' 也
'하, 흐, 히, 취, 희, 허' 가 그것이며

吸則一而已
들이마시는 숨은 하나로 일관되게 행하면 된다.

呼而六者
내쉬는 여섯 가지 숨 중에

'呵' 字治心氣
'하'는 심장의 기운을 치료하고

以 '呼' 字治脾氣
'흐'는 비장의 기운을 치료하며

以 '呬' 字治肺氣
'히'는 폐의 기운을 치료하며

以 '吹' 字治腎氣
'취'는 신장의 기운을 치료하며

以 '嘻' 字治膽氣
'희'는 담의 기운을 치료하며

以 '噓' 字治肝氣
'허'는 간의 기운을 치료하여

此六氣訣分主五臟六腑也
육기결의 각각의 내쉬는 숨은 오장육부를 관장한다.

凡天地之氣
대체로 보아서 천지 기운은

自子至巳爲六陽
자시(밤 11시~새벽 1시)부터 사시(오전 9시~오전 11시)까지가 양이 되고

時自午至亥爲六陰
오시(오전 11시~오후 1시)부터 해시(밤 9시~밤 11시)까지가 음이 되니

時如陽時則對東方
양이 되는 시간에는 동쪽을 바라보고

勿盡閉窓戶然忌風入
창문을 닫아 바람이 들어오는 것을 금하라!

乃解帶正坐叩齒三十六以定神
허리띠를 풀고 정좌하여 이빨을 36번 마주친 후 정신을 안정한 후

先攪口中濁津漱鍊
먼저 입 속을 흔들어 탁한 침을 양치질하듯

二三下喉口中成淸水
2, 3차 목구멍 아래로 넘기면 입 속에 맑은 침이 생기나니

卽低頭向左而嚥之
머리를 좌측을 향해 낮게 숙여 삼키며

以意送下喉汨汨至腹間
뜻을 목구멍 아래로 보내어 가라앉아 뱃속에 이르도록 하라!

卽低頭開口念
머리를 낮춰 입을 열어

'呵'字以吐心中毒氣
'하'를 내뱉으며 심장의 독기를 토하라!

念時耳不得聞呵字
내뱉을 때에는 귀로 '하'자가 들려서는 안 되며

聲聞卽氣麤及損心氣也
소리를 들으면 기가 거칠어져 심장의 기운이 오히려 다치리라.

念畢仰頭閉口
소리를 내뱉을 때는 입을 닫고 머리를 들어 마치도록 하라.

以鼻徐徐吸天地之淸氣
코로는 천지의 맑고 푸른 기운을 서서히 들이마셔

以補心氣
심장의 기운을 보하도록 하라.

吸時耳亦不得聞吸聲聞卽氣麤亦損心氣也
다시 숨을 내뱉을 때는 역시 귀로 소리를 들어서는 안 된다.

但呵時令短吸時令長
다만 '하'를 내뱉을 때에는 짧게 하며 들이마실 때는 길게 하라

卽吐少納多也
즉 내뱉는 것은 작게 하고 들이마시는 것은 많게 하는 것이다.

吸訖卽又低頭念呵字
들이마시기를 마치면 머리를 낮추어 '하' 자를 내뱉고

耳復不得聞呵字聲呵訖
귀로는 다시 '하' 소리가 들리지 않게 소리내기를 마치면

又仰頭以鼻徐徐吸淸氣
다시 머리를 들고 코로 서서히 맑은 기운을 들이마셔

以補心氣亦不可聞吸聲
심장의 기를 보하고 역시 들이마시는 소리를 듣지 않도록 하라.

如此吸者六次
이와 같이 여섯 차례에 걸쳐 숨을 들이마시면

卽心之毒氣漸散
심장의 독기가 점차로 흩어지니

又以天地之淸氣補之心之元氣
천지의 맑은 기운으로 심장의 원기를 보하여

亦漸復矣
점차로 회복하는 것이다.

再又依此式念 '呼' 字耳亦不聞呼聲
다시 '흐' 자를 귀로는 소리가 들리지 않도록 내뱉고

又吸以補脾耳亦不可聞吸聲
또한 들이마심으로써 비장의 기운을 보하라.

如此者六次所以散脾毒
이와 같이 여섯 차례를 행하면 비장의 독이 흩어지고

而補脾元也
비장의 원기가 보충된다.

次又念 '呬' 字以瀉肺毒
다음으로 '히' 자를 내뱉으면 폐의 독기가 빠지며

以吸而補肺元亦須六次
폐의 원기를 보충하며 마땅히 여섯 번을 행하라.

次念 '吹' 字以瀉腎毒
다음으로는 '취' 자를 내뱉어 신장의 독기를 빠지게 하여

以吸而補腎元
들이마심으로써 신장의 원기를 보하라.

'嘻' 以瀉膽毒吸以補膽元
'희' 자는 담의 독을 빼며 들이마시며 담의 원기를 보하여 준다.

次 '噓' 以瀉肝毒以吸而補肝元
다음은 '허' 자이며 간의 독을 빼주며 간의 원기를 보하여 준다.

如此者並各六
이와 같이 각각을 여섯 차례에 걸쳐 진행하면

次是謂 '小周'
이것을 '소주천' 이라고 한다.

小周者六六三十六也
소주천을 각각 여섯 번씩 합하여 서른여섯 번을 행한다.

三十六而
서른여섯 번을 행하면

六氣偏臟府之毒氣漸消
여섯 기운이 장부에 치우쳐 있는 독기를 점차 소멸시켜

病根漸除
병의 뿌리가 점차 제거되며

蠱氣漸完矣
거칠어진 기운이 점점 완만해질 것이니

130

次看是何臟腑受病如眼病
어찌 오장육부가 병을 어떻게 받아들이겠는가?

卽又念 '噓', '嘻' 二字各十八徧
또 '허', '희' 두 글자를 각각 열여덟 번씩 행하면

仍每次以吸補之總之爲三十六訖
늘 거듭하여 들이마시며 보하기를 36번을 마치면

是謂 '中周'
이것을 '중주천' 이라고 한다.

中周者第二次三十六通爲七十二也
'중주천' 은 2차에 걸쳐 36번을 행하여 총 72번을 행하라.

次又再依前 '呵, 呼, 呬, 吹, 嘻, 噓' 六字法
다음으로 다시 앞서의 '하, 흐, 히, 취, 희, 허' 의 육자법인데

各爲六次並以呼爲瀉之
각각을 6번씩 행하여 내쉬는 숨으로 독을 제거하며

吸以補之愈當精處
들이마심으로 보하면 각각의 당처로 흘러들어가 점점 나아지니

不可怠廢此第三次三十六也
게으르지 말고 그만두지 말고 3차에 걸쳐 36번씩 행하면

是爲 '大周' 總之爲一百單八次
이것을 '대주천' 이라 하며 총 108번이 될 것이다.

是謂百八訣也
이것이 소위 백팔결이다.

午時屬陰時有病卽對南方
오시(오전 11시~오후 1시)는 음에 속하니 병이 있으면 남쪽을 대하라.

爲之南方屬火所也卻除毒也
남쪽은 불에 속하니 불의 기운으로 독을 제거하는 것이다.

然又不若子後已
또한 자시(오후 11시~새벽1시)와 사시(오전 9시~오전 11시) 사이는

前面東之爲陽時也
양의 시간이므로 동쪽을 향해야 한다.

如早起林上面東將六字各爲六次是爲小周
새벽에 일어나 동쪽을 향하여 6자를 각각 6번씩 소주를 행하면

亦可治眼病也凡眼中諸症惟
가히 눈병을 치료할 것이니 무릇 눈 속의 여러 가지 증상이

此訣能去之他病亦然
육자 결로 능히 제거되며 다른 병도 역시 마찬가지이다.

神呼神呼此太上慈旨也
신이시여! 신이시여! 태상노군의 자비로운 말씀이로다.

略見玉軸眞金而詳
옥축경의 보배 같은 말씀을 상세히 보았느니

則得之師授也
스승의 가르침으로 알게 되었도다.

如病重者每字作五十次
중병이 든 사람은 각 글자를 50차에 걸쳐 행하면

凡三百而六腑周矣
300번에 걸쳐 오장육부에 기운이 두루 퍼지는 것이다.

乃漱鍊嚥液
입을 흔들어 진액을 삼키도록 하라.

卽叩齒如復爲之
즉 이빨을 마주쳐 이와 같이 행하라!

又三百次訖復漱鍊嚥液
300차에 걸쳐 행하여 다시 진액을 삼키도록 하며

叩齒如次如此者三卽通爲九百次
이와 같이 이빨을 마주치기를 총 900번 행하면

無病不愈
병이 없어지고 나을 것이니

秘之秘之非人勿示！
비밀로 비밀로 하여 함부로 전하지 말라!

3. 세 분 신선들의 말씀

1) 관성제군 경전

▽ 관성제군 보고(關聖帝君寶誥)

관성제군 관우의 보배로운 말씀으로 대중을 훈계하는 글로서 뜻을 새기는 경문이 아니라 반복하여 읽는 경문이다.

太上神威, 英文, 雄武, 精忠大義, 高節淸廉, 協運皇圖,
태상신위, 영문, 웅무, 정충대의, 고절청렴, 협운황도,

德崇演正, 掌, 儒釋, 道敎之勸, 管, 天地, 人才之柄, 上司,
덕숭연정, 장, 유석, 도교지권, 관, 천지, 인재지병, 상사,

三十六天, 星辰雲漢, 下轄, 七十二地, 土壘幽酆, 秉,
삼십육천, 성신운한, 하할, 칠십이지, 토루유풍, 병,

註生功德, 延壽丹書, 執, 定死罪過, 奪命, 黑籍, 考察諸神,
주생공덕, 연수단서, 집, 정사죄과, 탈명, 흑적, 고찰제신,

監制, 羣仙, 高證妙果, 無量, 度人, 至靈, 至聖至上至尊,
감제, 군선, 고증묘과, 무량, 도인, 지령, 지성지상지존,

三界伏魔, 大帝, 關聖帝君, 大悲, 大願, 大聖大慈,
삼계복마, 대제, 관성제군, 대비, 대원, 대성대자,

眞元顯應, 昭明, 翊漢, 天尊
진원현응, 소명, 익한, 천존

帝君 姓 關 諱 羽 字 雲長 陰曆 五月十三日 誕辰
제군 성 관 휘 우 자 운장 음력 오월십삼일 탄신

▽ 관성제군 각세진경(關聖帝君 覺世眞經)

帝君曰
관성제군이 말씀하시되

人生在世貴盡忠孝節義之事
인생이 세상에 있으매 귀하오며 충효와 절의를 극진이 하여서

方於人道無愧
바야흐로 사람의 도리에 부끄러움이 없어야

可立身於天地之間
가히 천지간에 세울지니라.

若不盡忠孝節義等事
만일 충효와 절의를 극진히 못하면

身雖在世其心已死
몸은 비록 세상에 있으나 그 마음은 이미 죽었으니

是謂偸生
가히 이르되 삶을 도적질 한다 할지니라.

凡人心卽神神卽心
무릇 사람의 마음은 곧 신명이요 신명은 곧 마음이라.

無愧心無愧神
마음에 부끄러움이 없으면 신명에게도 부끄러움이 없을 것이오.

若是欺心便是欺神
만일 이 마음을 속이면 이는 신명을 속임이라.

故君子三畏
그런고로 군자는 천명과 대인과 성인의 말씀 이 세 가지를 두려워하고

四知
하늘과 땅, 나와 남 이 네 가지를 알아야 하느니라.

以愼其獨
나만 아는 마음을 삼갈 것이니

勿謂暗室可欺
아무도 보지 않는 어두운 곳이라 하여 속이지 말며

屋漏
또 적적하고 사람이 없는 곳이라 하고

可愧
마음에 부끄러운 짓을 하지 말라.

一動一靜神明鑒察
일동일정을 신명이 감찰하시어

十目十手理所必至
열 눈으로 보시며 열 손으로 가르치심은 반드시 그러한 이치라.

況報應昭昭不爽毫髮
하물며 보응은 환히 나타나 한 올만큼의 오차가 없을 것이다.

淫爲諸惡首孝爲百行原
음란함은 악의 으뜸이 되고 효도가 일백 행실의 근원이 되는지라.

但有逆理於心有愧者
다만 도리를 거스르고 마음에 부끄러움이 있음에도

勿謂有利而行之
이익을 위해 행하지 말며

凡有合理於心無愧者勿謂
도리에 맞으며 마음에 부끄러움이 없는 데도

無利而不行
이익이 없다 하고 그만두지 말라.

若負吾教請試吾刀
만일 나의 가르침을 저버리면 청하건대 내 칼을 시험하리라.

敬天地禮神明奉祖先孝雙親
천지를 공경하고 신명을 예하며 조상을 받들고 양친에게 효하며

守王法重師尊愛兄弟
국법을 지키고 스승을 존경하며 형제를 사랑하고

信朋友睦宗族
친우를 신의로서 사귀며 타인을 공손히 대하라.

和鄕鄰別夫婦敎子孫
동네를 화목하게 하며 부부를 분별하고 자손을 교훈하며

時行方便廣積陰功
정도를 행하여 늘 남을 이롭게 하는 공덕을 펴서

救難濟急
어렵고 급함을 구제하며

恤孤憐貧
외로운 이를 도와주고 가난한 이를 불쌍히 여기며

創修廟宇
묘우를 창건하고 다시 고치며

印造經文捨藥施茶
경문을 인쇄하여 만들며 다른 사람에게 약을 주고 차를 주며

戒殺放生造橋修路
살생을 경계하고 산 것을 놓아주며 다리를 놓고 길을 닦으며

矜寡拔困
과부를 불쌍하게 여기고 곤란한 사람을 구하며

重粟惜福
곡식을 중하게 여겨 복을 아끼도록 하라.

排難解紛
어려운 것을 물리치고 어지러운 것을 풀며

捐貲成美
재물을 덜어 아름다운 일을 일으키며

垂訓敎人冤讎解釋
훈계를 들어 사람을 가르치며 원수를 풀고

斗秤公平
말과 저울을 공평히 하며

親近有德遠避凶人
덕이 있는 이를 친근히 하고 흉한 이를 멀리 피하여

隱惡揚善
악한 것을 숨기고 착한 것을 드러내며

利物救民
만물을 이롭게 하고 백성을 구원하라.

回心向道
마음을 돌이켜 도에 향하고

改過自新
자신의 과오를 고쳐 스스로 새롭게 하며

滿腔仁慈惡念不存
마음속을 어짊과 자비로 가득 채워 악한 생각을 두지 말고

一切善事信心奉行人雖不見
모든 착한 일을 진심으로 봉행하면 사람은 비록 보지 못하나

神已早聞加福增壽添子益孫
신명은 이미 먼저 들으시고 수와 복을 더하고 자손을 더하며

災消病減禍患不侵
재앙과 병이 소멸하여 재난과 병이 침범치 못하고

人物咸寧吉星照臨
인물이 모두 다 평안하고 길성이 비추려니와

若存惡心不行善事
만일 악심을 두고 선한 일을 행하지 않아

淫人妻女
남의 아내와 딸을 음란하게 하며

破人婚姻壞人名節
남의 혼인을 깨뜨리고 남의 명예와 절개를 훼손하며

妒人技能謀人財産
남의 재주가 능한 것을 투기하며 남의 재산을 욕심내며

唆人爭訟
남을 부추겨 다투어서 소송을 하게 하며

損人利己
남을 손해나게 하여 내 몸을 이롭게 하고

肥家潤身
집을 살찌우고 몸을 윤택하게 하며

恨天怨地罵雨呵風
천지를 원망하고 바람과 비를 탓하며

謗聖毀賢滅像欺神
성현을 비방하고 화상을 훼손하며 신명을 업신여기며

宰殺牛犬穢溺字紙
농사짓는 소와 개를 잡아 죽이고 글자 쓴 종이를 더럽히며

恃勢辱善
형세를 믿고 착한 사람을 욕하며

倚富壓貧
부유한 것을 의지하여 올바른 사람을 누르고

離人骨肉間人兄弟
남의 일가친척을 헤어지게 하고 남의 형제를 이간하며

不信正道奸盜邪淫
정도를 믿지 않고 간악하고 도적질하며 간사하고 음란하며

好尚奢詐
사치와 거짓 것을 좋게 여겨 숭상하고

不重勤儉
검소함과 부지런한 것을 중하게 여기지 아니하며

輕棄五穀
오곡을 가볍게 버리고

不報有恩瞞心昧己
은혜를 갚지 않으며 마음을 속이고 몸을 어둡게 하여

大斗小秤假立邪敎
말과 저울에 신의가 없으며 간사한 교를 거짓으로 세워

引誘愚人詭說昇天
어리석은 사람을 유혹하여 하늘에 오른다고 일러

斂物行淫明瞞暗騙
재물을 거두고 음란을 행하며 밝은데 속이고 어둡게 속이며

橫言曲語
삐뚤어지게 말하고 구부러지게 말하여

白日咒詛背地謀害
백 가지 일에 방자하고 돌아서서 모함하며

不存天理不順人心
하늘의 이치를 따르지 않고 인심을 순하게 안하며

不信報應引人作惡
보응을 믿지 않고 사람을 인도하여 악한 것을 행하게 하며

不脩片善行諸惡事
조그마한 것도 착한 것은 닦지 않고 모든 악한 일만 행하던

官詞口舌水火盜賊惡毒瘟疫
관재구설과 물과 불의 재난과 도적과 악독온역과

生敗産蠱
실패자와 병자를 낳으며

殺身亡家男盜女淫
몸을 죽이고 집을 망하며 남자는 도적질하고 여자는 음란하여

近報在身遠報子孫
가까운 보복은 자기 몸에 당하고 먼 보복은 자손에게 넘겨지니라.

神明鑒察毫髮不紊
신명의 감찰하심이 호발도 어김이 없으니

• 호발(毫髮): 가늘고 작은 털을 말하는 것으로 아주 작은 물건을 지칭한다.

善惡兩途禍福攸分
선악 두 길로 화복이 나누어지니

141

行善福報作惡禍臨

착한 것을 행하면 복으로 갚고 악한 것을 지으면 화가 임하나니

我作斯語願人奉行

내가 이 말씀을 지어 사람으로 하여금 봉행하기를 원하노니

言雖淺近大益身心

말은 비록 얕고 서투르나 몸과 마음에는 크게 이익하리라.

戲侮吾言斬首分形

말씀을 희롱하여 업신여기면 머리를 베고 형상을 나눌 것이오.

有能持誦消凶聚慶

능히 갖고서 외우는 이 있으면 흉한 것이 사라지고 경사가 모아져서

求子得子求壽得壽

아들을 구하면 아들을 얻고 수명을 구하면 수명을 얻고

富貴功名皆能有成凡有所祈如意而獲

그 소원하는바 모두 뜻대로 얻을 것이며

萬禍雪消

일만 가지 재앙이 눈 녹듯 사라지고

千祥雲集

일천 가지 상서로운 일이 구름처럼 모이려니

諸如此福惟善可致

모든 이가 오직 선함으로써 그 복을 가히 이룰지니라.

吾本無私惟佑善人

나는 본래 사정이 없어 오직 착한 사람만 돕나니

衆善奉行毋怠厥志

모든 착한 일을 봉행하여 그 뜻을 게으르게 하지 말지어다.

Ⅴ 관성제군 명성경(關聖帝君明聖經)

◎ 경을 시작하는 말(序言)

帝君曰
제군이 말씀하시길

天地無私善惡昭彰
천지는 사사로움이 없으며 선악은 밝혀져 환히 나타나니

順天者存
하늘의 뜻을 따르는 자는 살 것이오.

逆天者亡
하늘의 뜻을 거스르는 자는 망할 것이다.

神道設敎藉以此傳
하늘의 도를 다음과 같이 세우고 전하느니라.

吾當言明聖經三字
나의 말은 명, 성, 경 세 글자이니

'明'者如同日月普照乾坤
'명'은 해와 달이 온 세상을 비추이니

無物不到
도달하지 않는 물건이 없는 것처럼

使我心性常懷不昧靈臺潔淨
내 마음을 어둡게 하지 말고 영대를 정결히 하여

• 영대(靈臺): 신령스러운 터라는 뜻으로 마음 밭을 말한다.

打掃如同寶鏡一般明心鑒性
거울과 같이 만들어 밝은 마음으로 '성'을 비추어라.

143

'聖' 者昭然也
성은 환히 나타나게 하는 것이니

參天化育
뒤섞인 천지만물을 변화시키고 양육하여

千古忠肝義膽萬載聖神先聖後聖其揆一也
충성스럽고 의롭게 하여야 하며 시작도 끝도 '성' 한 가지이니라.

'經' 者常也 所言無非人生日用常行道理可以流傳萬古
'경'은 항상 도리를 행하여 만고에 전해짐을 말하며

人能恭敬身心
사람은 마음과 몸을 공경해야만 하느니라.

時時不忘乎根本刻刻常存乎孝悌
항상 근본을 잊지 말며 부모에게 효도하고 어른을 공경할 것이며

謹敬這個心田勿貪勿淫
항상 경계하고 공경하여 마음 밭에 탐욕과 음욕을 일으키지 말라.

是也故曰明聖經
그것이 바로 명성경이니라.

◦ 본경문(本經文)

漢漢壽亭侯略節桃園經書於玉泉寺
한나라 한수정후는 도원경서를 옥천사 중에게

夜夢與凡人
꿈에 이 경문을 주시다.

- 한수정후(漢壽亭侯): 한수는 한나라 때를 말하며 정후는 관우의 직책 이름이다.
- 약절(略節): 약은 일의 대략적인 것을 말하며 절은 차례, 순서를 말한다.
- 도원경(桃園經): 도원결의하던 말씀이다.

萬經千典有聖經未舉行
일만 경문과 일천 법문이 있으되 내 경문을 행하는 자가 없는지라.

著爾傳塵世不可視爲輕
네게 이 경문을 주노니 세상에 전하여 가볍게 여기지 말라.

焚香高朗誦其福卽來臨
향을 피우고 경문을 높이 외우고 생각하면 복이 곧 임할 것이오.

人能抄印送諸疾不相侵
사람이 베끼고 기록하여 보내면 모든 병이 서로 침노치 않고

家宅供此經
집에 이 경문을 모시면

妖魅化爲塵
요괴로운 귀신이 화하여 티끌이 될 것이오.

舟船奉此經風波卽刻平
배에서 이 경문을 받들면 풍파가 즉각 가라앉을 것이며

行人配此經途路保安寧
이 경문을 지니고 다니면 길의 안녕이 보전하고

書生看此經不久步靑雲
선비가 이 경문을 보면 오래지 않아 벼슬을 할 것이오.

婦人誦此經二女五男成
부인이 외우면 딸과 아들을 둘 것이오.

若爲亡化念
만일 죽은 사람을 위하여 경문을 외우면

亡化早超生
죽고 화한 이가 천도하여 나고

若爲父母念父母享遐齡
부모를 위하면 부모가 장수할 것이오.

日唸三五遍或誦千百聲
날마다 세 번 다섯 번 생각하고 혹 백 번 천 번 소리 내어 외우면

諸神皆歡喜宅舍並光明
제신이 다 즐기고 기뻐하여 집이 빛나고 밝아져

凶事化爲吉福祿壽重增
흉한 일이 변화하여 길하고 복록과 수가 거듭 더하고

太上道君三界靈
태상노군과 삼계령과

- 태상노군: 노자
- 삼계령: 중생이 생사 왕래하는 세 가지 세계인 욕계, 색계, 무색계의 세 경계의 신령이다.

衆聖五嶽雷電神五湖並
많은 신령과 오악 산신과 우레신과 번개신과 다섯 호수신과

- 오악(五嶽): 동의 태산, 서의 화산, 남의 형산, 북의 항산, 중앙의 숭산을 말한다.

四海日月斗星辰
네 바다 신과 일월성신이 명성경 외는 소리를 듣고 기뻐하리라.

天下城隍聽號令
천하의 성황은 호령을 듣고

- 성황(城隍): 도교의 신령으로 토지를 수호하는 신이며 대, 소 지방 및 마을과 촌락을 관리한다고 한다.

萬方土地各遵行
일만 방위의 토지신은 각각 따라 행하고

値年値月將値日値時神
일 년 맡은 신과 하루 맡은 신과 한 시진을 맡은 신과

夜差黑煞帥日令皎潔兵往來
밤을 감찰하는 흑살수와 낮을 맡은 교결병이 왕래하며

細鑒察不得漏毫分
세세히 감찰하여 털끝만큼도 놓치지 말라.

會同家宅鬼著令司命君
집을 맡은 신장들과 모여 조신에게 명하여

如有虔誦男和女速速報知聞
정성으로 외는 사람이 있으면 속히 보고하라.

或賜福與壽或蔭兒與孫
혹 복과 수도 주시며 자손에게 음덕을 내리시며

萬聖朝眞均奏議.
일만 성군이 옥황상제께 조회하여 의논하고

普天之下盡頒行
넓은 하늘 아래 반포하여 행하게 하니라.

吾素覽春秋幼觀孔孟惟以孝弟爲先
내가 어려서 논어, 맹자, 춘추를 보아 오직 효제를 제일로 여겨

修身治國爲本
몸을 닦아 나라 다스리는 것으로 근본을 삼았더니

異端蜂起兵戈傷殘民命
이단이 벌처럼 일어나 백성들을 병장기로 명을 상하고 해하니

• 이단(異端): 성인의 도(道) 이외의 다른 말을 뜻한다.

十餘年甲不離身刀無潔淨
십여 년 동안 갑옷을 벗지 못하여 칼도 정결하고 맑음이 없고

夜無穩睡三更日不飽餐一頓
편안히 자지 못하고 날마다 배불리 먹지도 못하며

東戰西征百戰而江山纔定
동서를 평정하여 강산이 이제 겨우 안정이 되니

白了鬢鬓星星力倦
백발은 성성하고 몸은 약해지고

• 수빈성성(鬢鬓星星): 귀 밑의 털이 반은 검고 반은 흰 모습을 표현한다.

馬羸刀鈍
말은 파리하며 칼도 무디어졌도다.

費盡赤膽忠心
붉은 쓸개와 충성을 다하여

換得個封侯金印
제후로 봉해져 금으로 만든 도장을 얻었으나

到如今亂臣賊子
이제 이르러 어지러운 신하와 도적 같은 자식이

捕風捉影奸貪讒佞
바람과 그림자를 잡고 간악하고 탐하며 참소하고 아첨하여

結黨欺良言無一定
무리를 지어 속이고 업신여기며 말이 한결같이 일정함이 없으며

不思禮義廉恥孝弟忠信
예와 의와 염치와 효제와 충성과 믿음을 생각하지 않고

148

事每胡行屢圖僥倖
일을 항상 어지럽게 행하여 여러 번 요행을 도모하며

篡君位戮忠臣
임금의 위를 역적질하여 뺏고 충신을 죽이며

好貨財淫美色
돈과 재물을 좋아하고 음탕하여 미색을 좋아하고

殺人縱性
살인을 함부로 하며

只顧爽心樂事豈曉得後來報應.
쾌락만을 즐기면 어찌 후에 보응을 깨닫겠는가?

古今好事多磨
예로부터 호사다마라 하였으니

毋勉强苟求捷徑
마지못해 하지 말고 쉽고 편한 지름길만을 구하지 말라.

如彩雲琉璃
인생은 채색 구름과 유리와

鮮花明月
고운 꽃과 밝은 달과 같이 쉽게 얻고 쉽게 잃거늘

人不知機如
사람이 그 기틀을 알지 못할 뿐이로다.

剛刀快缺妄動橫行造下了些冤業
강한 칼이 좋다가도 이지러지듯이 망령된 행동을 함부로 하면

遠則幾年近則數月
멀게는 수년, 가깝게는 몇 달 안에

報應無差
한 치의 오차도 없이 보응을 받을 것이니라.

法難漏泄
법은 새어나가기 힘드나니

如人未遭逢各有時節
사람이 때를 만나고 못 만났더라도 각기 그 시절이 있으니

當思守命由天
마땅히 깊이 생각하여 하늘의 천명을 지켜

安貧樂業
가난하더라도 마음을 편안히 하여 직업을 즐기도록 하라.

如百藝倉卒成功
백 가지 재주를 가지고 짧은 시간에 성공을 하면

其物焉能精潔
그 물건이 어찌 정밀하고 깨끗할 것이며

草木不能培植
초목을 심어 기르지 않으면

難長許多枝葉
어찌 크게 자라 많은 가지와 잎을 맺을 것이며

五穀少用耕鋤
오곡을 뿌려 밭을 갈고 김을 매지 않으면

苗雖秀而不實
어린 싹이 어찌 빼어난 결실을 맺을 것인가?

文臣十載寒窓
문신이 되려면 십 년을 열악한 환경에서도 학문을 닦아야

方朝金闕
비로소 대궐에 나아갈 것이다.

武將百戰臨危
무장은 백 번을 싸워 위태로움을 극복해야만

始得公侯並列
비로소 높은 지위를 얻을 것이다.

吾乃日月精忠
나는 이제 해와 달과 같은 정기와 충성이오.

乾坤大節
하늘과 땅과 같은 큰 절기라

天崩吾崩地裂吾裂
하늘이 무너져야 나도 무너지고 땅이 찢어져야 나도 찢어지리라.

吾乃紫微宮裏朱衣神
내 이제 자미궁의 붉은 옷을 입은 신선으로서

• 관성제군(關聖帝君): 도교에서는 사후(死後) 인간 세상에서의 충효(忠孝)로 하늘을 감동시켜 신선이 되었다고 한다.

協管文昌武曲星
문창성과 무곡성을 합하여 맞이하고

• 문창성(文昌星): 재물을 관리하는 별로 길한 별이다.
• 무곡성(武曲星): 북두칠성의 제6성으로 병권을 관장하는 별이다.

祇因長仙無主轄勅令吾爲從神
장신선(황제 헌원 때의 신선)을 나를 따르는 신으로 삼으니

檢點少男與少女
젊은 남녀를 점검하여

或損陰陽絶子孫
혹 음양이 적어 자손이 끊어지는 것은

送生催生
생을 보내고 생을 베푸나니

及難産魅妖傷殘
난산과 요사스러운 것과 상처 입히고 해롭게 하는 것이니

151

斑痘疹如有焚香諷誦者
홍역과 열병이 있어 향을 사르고 경을 외우는 자가 있으면

轉禍爲祥顯聖靈
화가 상서로움으로 변하게 하여 성인신령을 나타내리라.

今有塑畵吾像者
이제 내 형상을 만들고 그리는 이 있으면

側立張仙持彈弓
장신선으로 하여 손에 활을 가지고 지키게 할 것이다.

鑑知戰國侵凌亂
상제께서 전국이 서로 침입하여 싸우는 것을 아시고

命我臨凡救萬民玉
나에게 명하여 환생하여 만민을 구제하라 하시고

帝賜吾名和姓
내 이름과 성을 내리시니

子胥五轉作忠臣
자서로부터 다섯 생에 충신이 되니라.

• 관우의 전생을 이야기하는 것으로 자서는 중국 춘추전국시대의 초나라의 오자서(伍子胥)를 말한다.

臨潼解釋者侯難
임동 지방에서 제후의 난을 일어나게 하고

• 임동(臨潼): 중국 협서의 중부 지방의 지명으로 자원이 풍부한 곳이다.

絶 卻奸秦并國心
다른 나라를 합병시키려는 간사한 진나라의 마음을 끊어 물리치고

楚無道酒荒淫
초나라 임금이 무도하게 주색으로 황음하므로

昭關過此難
소관 땅에서 이 난을 지내고

• 소관(昭關): 중국의 춘추전국시대 초나라의 관문으로 오나라와의 경계 지역으로 오자서가 억울하게 누명을 쓰고 초나라를 피해 소관 땅에서 구사일생으로 오나라로 몸을 피할 수 있었다.

吳越動刀兵
오와 월이 칼과 병력을 움직이도다.

道吾一生爲孝子
상제께서 이르시되 내가 일생의 효자가 되고

數世做忠臣
누대에 충신으로 지냈다 하여

救令吾管錢塘事晝夜領潮行
내게 명하여 전당의 일을 맡기시어 밤낮으로 행할 때

• 전당(錢塘): 중국의 지명 이름이다.

漢室多奸黨改姓下凡塵
한나라의 간악한 무리가 성을 고쳐 세상으로 환생하니

火龍燒赤兔水獸煉靑鋒
용이 불타는 색깔 같은 적토마며 물짐승 피로 단련한 칼날이오.

臥蠶眉八字丹鳳目雙晴
누에 눈썹이 여덟팔자 같으며 붉은 봉의 눈 같은 쌍눈동자요

五龍鬚擺尾
다섯의 용이 고리를 굴리는 것과 같고

一虎額搖身
범이 몸을 흔드는 것과 같으니라.

韜略期孫臏機謀勝范增
육도삼략은 손빈을 기약하고 기틀과 지모는 범증보다 낮고

• 범증: 항우의 책사이다.

春秋丈夫志生長解梁城
춘추를 세운 장부의 뜻으로 해량성에서 생장하여

指關爲吾姓
'관' 자를 가리켜 내 성으로 하고

下界又稱臣
하계에 신하가 되었으며

幼而離鄕壯而出仕
어린 시절에 고향을 떠나 장성하여 벼슬을 하니

大丈夫以四海爲家何患乎吾無兄弟
대장부가 사해를 집으로 삼으니 형제가 없음을 어찌 근심하리오.

入桃園睹兩人奇異
복숭아 꽃핀 정원에 들어가 기이한 두 사람을 만나보고

請問英雄何處
영웅이 어느 곳에 있는가 물어 청하니

雄起起朗曰張飛
용맹스러우며 유쾌하며 활달한 이는 장비요.

貌堂堂溫言劉主.
용모가 당당하고 온화한 이는 유 군주라.

遂出身投地今逢主.
장부가 세상에 나온 즉 지금 주인을 상봉하였으니

須待挽天河
모름지기 하늘의 인연이 만날 때를 기다려

• 대만천하(待挽天河): 천하는 은하수를 말하며 때를 기다려서 당긴다는 의미로, 어느 시절의 인연이 오기를 기다린다는 의미이다.

水來蕩滌
물로 더러운 것을 씻어 내리는

誠哉龍虎風雲會
용과 호랑이의 만남이요 바람과 구름의 회합이니라.

宰牛馬昭告天他
소와 말을 잡아 하늘에 고사를 지내고

結義匡扶漢室破黃巾誅董卓
한 왕조를 도울 것을 결의하고 황건적을 파하고 동탁을 베었으며

呂布斃劫棄剿曹賺入空營內
여포를 쓰러지게 하였으나 조조의 간계에 걸려 빈 진안에 들어가

雁侶散徐州
기러기 짝이 헤어지듯 서주에서 흩어지니

攜嫂無存地
형수를 모실 땅이 없더라.

減燭張遼謀破壁雲長義
양초를 감한 것은 장료의 꾀나 벽을 파한 것은 관우의 절의이니

- 촉(燭): 불을 비추는 양초이다.
- 감촉장료모(減燭張遼謀): 관성제군이 밤새도록 춘추를 읽는 것을 알고 조조가 양초를 48짝을 보내었으나 허저(許褚)가 양초를 감하는 것을 알고 장료가 모른 척한 고사를 말한다.
- 파벽운장의(破壁雲長義): 초가 없어 글을 읽을 수 없자 관성제군이 형수가 계신 담벼락을 뚫어 비쳐오는 빛으로 책을 읽은 고사를 말한다.

降漢不降曹
한 왕실에 항복한 것이지 조조에게 항복한 것은 아니었으며

忠臣不事二
신하는 두 임금을 섬길 수 없도다.

封漢壽亭侯
한수정후에 봉하여져

印無漢重鑄
도장에 한나라 '한' 자가 없어 다시 새기도록 하니

• 한수정후에 봉해져서 조조가 보내온 도장을 받으니 한나라 '한' 자가 없어 한 왕실의 신하이지 조조의 신하가 아니므로 한나라 '한' 자를 다시 새겨서 금인(도장)을 받은 고사를 말한다.

三日華筵曹瞞美意
삼일 동안의 화려한 연회는 조조의 아름다운 뜻이며

• 조조가 관성제군의 마음을 사기 위해 3일마다 작은 잔치를 열고 5일마다는 큰 잔치를 열었다.

顔良文醜統兵圍
안량과 문추가 군대를 지휘하여

敢對立功
감히 대항하여 공을 세우고자 하니

可酬曹歸計
가히 조조에게서 은혜를 갚고 떠날 기회라.

• 원소가 안량과 문추라는 명장을 데리고 10만 대군으로 조조의 군사를 공격하니 조조의 군사 중에 당해낼 자가 없어 계속 패하자 관성제군이 안량, 문추 두 장수를 베어 10만 대군을 격파시켜 큰 공을 세워 조조의 은혜를 갚은 고사이다.

封金劫印三辭曹
금과 지위를 반납한 뒤 조조에게 세 번 찾아가 사직을 고하고

千里尋兄添義氣挈眷尋兄一點忠
천리의 형님을 찾으니 남아의 의기가 넘침이며 한 점 충심이라.

五關斬將有威風
다섯 성의 여섯 장수를 참하고 귀환하니

156

• 조조로부터 허락을 받고 두 형수를 모시고 유비에게로 귀환하나 통과하는 관문의 성주들이 관우를 죽이려 하자 상대하여 모두 죽이고 무사히 두 형수를 모시고 귀환한다.

離合英雄乾坤內

하늘과 땅 안에서 떠나고 만나는 영웅들처럼

相逢兄弟古城中

옛 성 안에서 다시 형제를 상봉하였는지라.

智偸雖高無決勝

지혜와 숭상함이 비록 높으나 이기기 위한 결단을 내리지 못하고

運籌固識少經綸

이리저리 궁리하고 계획하나 진실로 세상을 움직이는 경륜이 적어

• 운주(運籌): 주판을 놓듯이 이리저리 궁리하고 계획함을 뜻한다.

三謁茅廬臥龍晏起

삼고초려 하여 와룡선생이 늦게 일어나니

大夢誰先覺

큰 꿈을 누가 먼저 깨달았는가?

平生我自知草堂春睡足

내가 스스로 알지니 초당의 봄 졸음이 족하니

窗外日遲遲

창밖의 하루는 느리구나.

未出茅廬三分已定

초당을 나오기 전에 천하를 삼분할 운수는 이미 정해졌도다.

孔明原是廣慧星

공명은 본시 천상 광혜성으로

卽是前朝嚴子陵此生諸葛亮再宋朱文公

전생은 엄자능이요 송나라 때는 주문공이라.

輪迴三世相永不下凡塵
윤회하여 삼생에 승상이 되고 영구히 진세에 하강하지 않느니라.

鼎足三分嫌地窄
솥의 다리는 세 개로 나뉘듯 땅이 좁음을 불평하였더니

江山今換許多人
강산은 이제 변하여 많은 사람이 바뀌었구나!

大哥已在淸虛府
큰 형님은 이제 천상 청허부에 계시고

- 대가(大哥): 큰 형님이라는 뜻으로 유비를 말한다.
- 청허부(淸虛府): 천상 광한궁의 부서로 광한궁은 햇빛같이 밝고 투명하며 수정같이 맑고 투명한 벽돌로 건축한 높디높은 천상의 궁궐로 궁궐 내부에는 상아로 만든 의자와 탁자가 있고 사방에는 서기가 충만하고 구름이 층층이 낀 선경이라고 도교에서 말한다.

關某今掌三天門
관모는 이제 하늘의 세 문을 관장하며

- 삼천문(三天門): 도교에서 말하기를 하늘에는 동, 서, 남, 북 네 개의 문이 있는데 북문은 북극이 있어 옥황상제가 거주하시는 곳이라 항상 닫아 놓고 동, 서, 남의 3개 문만 열고 닫는데, 관성제군이 3개의 하늘 문을 감찰하는 역할을 맡았다.

三弟四川爲土谷
셋째 동생 장비는 사천에서 토곡신이 되어

每起忠良護國心
매양 충성하여 호국하여

在宋易姓岳飛將在唐改諱曰至張巡
송나라 때는 악비요 당나라 때는 장순이니

輪迴三轉皆忠烈
세 번을 윤회하여 충신과 열사가 되었도다.

- 윤회삼전(輪迴三轉): 한나라 장비, 당나라 장순, 송나라 악비를 말한다.

上帝封爲護國神
상제께서 호국신에 봉하시며 말씀하시되

小可戈兵不差汝
작은 전쟁에는 너를 보내지 않고

大難危邦再下塵
큰 난과 위태로운 나라에 다시 보내겠다고 하시니라.

天下城隍皆將相
천하의 성황신이 모두 착한 장수와 착한 정승이라.

正直爲神古至今
정직한 신령이 되어 고금에서 이제까지 이르렀으니

爲人忠孝感天地
오직 사람의 충성과 효도가 하늘과 땅을 감동시키느니라.

豈在持齋
어찌 몸을 보존하고 공경하여 지킴이 자신을 위함이지

佛顯靈
부처님의 영험함을 드러내기 위함인가!

飲食衣服
먹고 마시며 옷을 입으매

休華美隨著隨餐莫厭爭
화려하고 아름다움을 따르지 말며 다투지 말라.

禽獸一切皆性命
금수도 일체 성과 명에 메어 있으며

無故自食宰生靈
이유 없이 어찌 살아있는 것을 먹을 것이며

一切化生皆活命
일절 화하여 살아있는 것은 목숨을 가지고 있는 것이니

何故張弓捕網免
어찌 화살을 쏘고 망으로 죽이는가?

草木榮花休折採
초목과 꽃도 꺾고 해하지 말라.

嚴冬零落發陽春
추운 겨울이 지나 눈이 녹으며 따뜻한 봄이 오듯

萬物悉含天地化
만물은 서로 머금으며 천지에 화하여

依時生長與人靈
사람에게 기대어 살고 생장하느니

汝能遵守惜萬物福有攸
너희는 마땅히 만물을 보존하고 가꾸어야 복을 받을 것이며

歸禍不侵
화가 침범하지 않느니라.

勿謂善小而不做
선한 일을 작다 하고 행하지 아니하려 하지 말며

勿謂惡小而可行
악한 일을 작다 하고 행하려 하지 말라.

天網恢恢分曲直
하늘의 그물망은 넓고 넓으나 구부러진 것과 바른 것을 분별하며

神靈赫赫定虧盈
신령은 붉고 붉으나 이지러지고 가득 찬 것을 정하노니

孝弟忠信人之本禮義廉恥人之根
효제충신이 사람의 근본이요 예의염치는 사람의 뿌리이니

而能聽吾行善事
누구나 능히 내 말을 따라 옳은 일을 행하면

定有祥雲足下騰
상서로운 구름이 발 아래로 모일 것이다.

吾受三天門掌握萬神啓奏我先聞
내가 하늘 문 세 개를 맡아 만국 신령의 보고함을 먼저 들으니

善者記錄加冠爵
선한 일을 행한 자는 기록하여 벼슬을 더할 것이며

惡者遭殃絶子孫
악한 일을 한 자는 자손을 끊을 것이니라.

報應遲速時末到昭彰早晚福終臨
보응은 늦고 빠름의 차이는 있지만 끝내는 받을 것이오.

休道天高無耳目
하늘은 높고 눈과 귀가 없으나

虧心暗室有遊神
어두운 집의 이지러진 마음도 신은 알고 있으니

敬神如在
신명을 공경하기를 있는 것 같이 하여

須誠敬
마땅히 정성과 공경을 다하여야 하고

不可狂言褻聖明
미친 말로 성인의 밝음을 비방하지 말라.

萬國九州皆敬服
만국과 모든 고을이 모두

道吾忠義獨稱尊
나의 도는 충의와 신의가 높다고 말하니

塑形畫像
신령을 흙으로 만들고 그림으로 그려놓은 것이

乾坤內如我英雄有幾人
하늘과 땅 안에 나와 같은 영웅이 몇 사람이 있을 것인가?

又奉上帝加御敕
상제께서 조서를 내리신 것을 받으니

掌握凡間善惡人
세상의 선한 이와 악한 사람을 맡으시라 하시니

精忠沖日月義氣貫乾坤
정기와 충성은 일월을 찌르며 의기는 하늘과 땅을 꿰뚫었도다.

面赤心尤赤
얼굴 붉으매 마음은 더욱 붉으며

鬚長義更長
긴 수염처럼 의리는 더욱 길구나!

英雄氣蓋世殘燭刀破壁
영웅의 기운은 세상을 뒤덮고 스러지는 촛불은 칼로 벽을 뚫었고

....

• 관성제군이 밤새도록 춘추를 읽는 것을 알고 조조가 양초 48짝을 보내었으나 허저 (許褚)가 양초를 감하는 것을 알고 장료가 모른 척 하여 밤에 글을 읽을 수가 없자 구차 하게 양초를 구하지 않고 유비의 부인인 형수가 계신 담벼락을 뚫어 비쳐오는 빛으로 책 을 읽은 고사를 말한다.

....

封庫印懸梁爵祿辭不受
창고를 봉하고 벼슬과 녹을 사양하며

偃月刀磨仍快
언월도를 연마함이 즐거우나

嘆兄弟不再
형제가 다시 만나지 못함을 탄식 하니라.

臥蠶眉鎖未開
누에 눈썹을 봉하여 열지 못함은

恨江山幾改
강과 산을 몇 번 고친 것을 한탄하는 것이니

恆古功名
예로부터 공명을 얻은 사람이 있으나

難比並
관성제군과는 겨루기 어렵다 하사

三天門下封元帥稽首頓首
하늘 세 문의 원수로 봉하시니 머리를 조아리고

上帝敕令各部將帥
상제께서 각부의 장수에게 칙령을 내리시기를

經傳下界抄錄諷誦如在
명성경을 하계에 전하여 베끼고 기록하고 읽도록 하시니

人能遵行繫玉腰
사람이 능히 행하면 옥대를 매고

金官居千載
금인을 차서 자손이 천 년까지 퍼지며

能全一事崢嶸三代
한 가지 일에 능히 온전하게 되며 그 높음이 3대까지 미치리라.

欽承法旨會集諸神施行
공경하여 법지를 받들고 제신을 모아 시행하게 하니

於是救苦大仙太上眞君太白金星公同註解
구고대신선과 태상진군과 태백금성이 모두 모여 뜻을 해석하여

- 구고대신선(救苦大神仙): 관세음보살을 말한다.
- 태상진군: 노자를 말한다.
- 태백금성: 서방 장경성으로 황혼 후 서쪽 하늘에 뜨는 별로서 태양 다음으로 밝은 별을 말한다.

覆奏明章毋容議改
밝은 문장을 지어 바치니 사사로이 의논하여 내용을 고치지 말고

行於四海皇圖鞏固萬民永賴
세상에 행하면 나라는 굳건히 되며 만백성이 영원히 신뢰하리니

著忠良
충성스럽고 선량하여

竭力匡衡
나라를 위해 힘을 다함이 저울대를 받들 듯하고

孝順無改廉潔不亂心
효도하며 순종하여 청렴하여 절의가 있음에 마음이 변치 않으며

節義臨危不敗
절의가 있어 위험에 임하여도 패하지 않을 것이니

忠孝廉潔之章聽解
충효염절을 백성들이 알아듣도록 해석하라.

君使臣以禮臣事君以忠
임금이 신하를 예로써 대하고 신하가 임금에게 충성하나니

日用朝廷祿當日補報功
조정의 녹봉을 받으면 마땅히 그 공을 보답하라.

報國臣之本
보국은 신하의 근본이요

惜卒將之宗
병사를 애석히 여기는 것은 장수의 근본이다.

不飾文臣過不滅武將功
신하에게 허물을 꾸미지 말며 장수의 공을 없애지 말라.

記錄文華殿擧劾建章宮
문화전에 기록하고 건장궁에 죄를 들어 논핵하라.

丹心如赤日位必至三公
충성스런 마음이 붉은 해와 같으면 지위가 삼공에 이를 것이요.

秦檜世爲大岳飛寺帥忠
진회는 세세생생 개가 되었으며 악비는 충신열사로다.

• 진회(秦檜): 중국의 대표적 간신, 강녕(江寧: 현재의 南京) 출생, 1115년 진사시 (進士試)에 합격하고, 1131년 이후 24년간 재상의 자리에 있었다. 남침을 거듭하는 금군(金軍)에 대항하는 군벌 악비를 탄핵하고 병권을 뺏은 뒤 역모라는 죄명으로 살해하고 금과 내통하여 1142년 화이허 강(淮河)과 친링 산맥을 잇는 선을 국경으로 하여 금과 남송이 중국을 남북으로 나누어 영유하기로 합의하였다. 그 조건으로 송나라는 금나라에 대하여 신하의 예를 취하고 세금을 바쳤다.
• 악비(岳飛): 자 붕거(鵬擧), 농민 출신이지만 금(金)나라 군사의 침입으로 북송(北宋)이 멸망할 무렵 의용군에 응모하여 전공을 쌓았으며, 남송 때가 되자 무한(武漢)과 양양(襄陽)을 거점으로 후베이(湖北) 일대를 영유하는 대군벌(大軍閥)이 되었다. 二의 군대는 악가군(岳家軍)이라는 정병(精兵)으로 유광세(劉光世), 한세충(韓世忠), 장준(張俊) 등 군벌의 병력과 협력하여 금군(金軍)의 침공을 화이허 강(淮河), 친링(秦嶺) 선상(線上)에서 저지하는 전공을 올렸다. 화평론을 주장하는 재상인 진회(秦檜)에 의해 무고한 누명을 쓰고 투옥된 뒤 살해되었다. 진회가 죽은 후 혐의가 풀리고 명예가 회복되었으며 구국(救國)의 영웅으로 악왕묘(岳王廟)에 배향되었다. 1914년 이후에는 관우(關羽)와 함께 무묘(武廟)에 합사(合祀)되었다. 학자로서도 뛰어났으며 저서로는 '악충무왕집(岳忠武王集)'이 있다.

爲人子孝爲先
사람의 아들 되어 효도가 우선이니

孝順兩字緊相聯
효와 순 두 글자를 긴밀히 서로 연결하여

勿惱怒常使歡
부모 앞에 고뇌와 성내지 말고 항상 즐겁게 해드리며

暖衣飽食毋飢寒
옷을 따뜻하게 하고 음식을 만들어 배고프고 추움이 없게 하며

病醫藥
병이 있거든 의사와 약을 찾아

必自煎即須嘗過獻親前
반드시 스스로 끓여 먼저 맛보고 드리며

夜不解衣朝不食時時刻刻在身邊
밤에도 옷을 벗지 말며 아침에 먹지 말고 항상 곁을 떠나지 말라.

爾能孝順爾子弟
네가 효순하면 네 아들도 그러하리니

點點滴滴看簷前
점점이 떨어지는 물방울을 보라.

大舜孝帝位傳
순임금은 효하시고 요임금에게 자리를 전하시고

二十四孝極周全
이십사효를 두루 온전히 하시니라.

• 이십사효(二十四孝): 순임금의 24가지 온전한 효행을 말한다.

在生不供奉死後祭靈前
살아계실 때 돌보지 않고 죽어 신령 앞에 제사를 지낼 것인가!

不孝子惹災愆
불효자는 재앙과 허물을 이끄니

虎含蛇咬病相纏
범과 뱀이 물어뜯고 병이 서로 얽히고

官刑牢獄遭充配水火之災實可憐
형벌과 감옥을 만나며 물과 불의 재난이 실로 가련하도다.

或自懸樑刀毒死
혹 스스로 목매거나 칼 독에 죽어

不孝之人苦萬千
불효한 사람은 괴로움이 천만 가지이니

速速改莫遲延
속히 고치고 늦지 말라.

世人孰無過改之爲聖賢
세상 사람이 누가 허물이 없으리오. 고치면 성현이라.

人無過篤行全
허물이 없으면 독실한 행실이 온전해지느니라.

廉生畏潔生嚴
청렴함에 두려워하고 정결함에 엄하게 하라.

細檢點避疑嫌
자세히 점검하여 의심과 혐의를 피하라.

希賢希聖由天命
성현을 바라는 것은 하늘의 명으로 인한 것이며

學禮學詩聽自然
예법과 시를 배우는 것은 자연을 듣기 위함이다.

卻周粟隱山川
백이숙제가 주나라 곡식을 물리치고 산천에 숨으니

爲人似玉無瑕玷
사람됨이 옥 같아 티와 점이 없고

立志如同鐵石堅
뜻을 세우기가 쇠와 돌같이 견고하더라.

守己祿莫循偏
자기 몸의 녹을 지키고 편벽된 것을 따르지 말라.

損人利己
사람에게 해를 가하여 자신의 이익을 구하면

子孫冤
그 자손에게 한이 되나니

廉者不受嗟來食
청렴한 자는 와서 먹으라 하나 받지 않고

志士不飮盜之泉
선비는 도적의 샘물을 마시지 않느니라.

辭俸原憲潔
녹을 사양함은 원헌의 조촐함이요.

• 원헌(原憲): 중국 춘추전국시대의 노나라 사람으로 자는 자사(子思), 공자의 제자로 본성
이 맑고 청정하여 안빈낙도의 생활을 즐기며 초목으로 집을 지어 항상 방이 습기 차고 눅
눅했으나 본인은 조금도 괴롭게 생각하지 않고 정좌하여 유도를 닦는 것을 생의 즐거움으
로 하여 공자의 칭찬을 받았다고 한다.

畏金楊震廉
금을 두려워함은 양진의 청렴함이라.

• 양진(楊震): 중국 동한 시대의 화음인으로서 정직하고 박학하여 '관서공자'라 불렸다.
50세 이후에 동래태수로 임명받아 산동 창읍현을 지날 때 왕밀이라는 사람이 밤에 황금
10근을 주면서 "지금은 깊은 밤이라 아무도 알지 못하니 금을 받아 달라."고 청탁을 하려
하자 양진이 답하기를 "하늘이 알고 땅이 알며 내가 알고 당신이 아는데 어찌 아무도 모
른다고 하느냐?" 하면서 금을 거절했다는 고사이다.

坐懷不亂柳下惠
여색이 품에 앉아도 마음이 어지럽지 않음은 유하혜이고

• 유하혜(柳下惠): 중국 춘추전국시대의 일곱 현인 '백이(伯夷), 숙제(叔齊), 우중(虞仲), 이
일(夷逸), 주장(朱張), 소련(少連, 유하혜(柳下惠)' 중 한 사람으로 성인이며 혼자 길을 가다
가 비를 맞아 우산을 쓰고 앉았는데 젊은 여자가 비를 맞고 오며 비를 피할 곳이 없어 불
러서 같이 우산 속에 앉았는데 공간이 좁아 부득불 여자를 품에 안을 수밖에 없었는데 유
하혜가 조금도 마음을 움직이지 않았다는 고사이다.

閉戶無容魯仲連
문을 닫고 열어주지 않음은 노중련이다.

- 노중련(魯仲連): 연나라 사람으로 춘추전국시대의 높은 선비로 조나라를 여행하고 있을 때 진나라가 군사를 일으켜 조군 40여 만 명을 죽이고 수도 감단(邯鄲)을 포위하여 공격하자 조나라는 위나라에 군대의 원조를 요청하였다. 이에 원조하러 온 위나라 장수 신원연이 진나라 왕을 높여 황제라 부르고 화친을 권하자 마침 노중련이 즈나라에서 위나라 장수 신원연에게 진나라에 굴복하지 말아야 한다고 주장하였다. 따라서 신원연이 타협안을 포기하고 군사를 이끌고 와서 진나라 군대를 물리쳤다. 조나라가 위험에서 벗어나게 되자 조나라의 재상 평원군(平原君)은 노중련에게 호의에 대한 감사의 뜻으로 벼슬을 주려고 하자 노중련은 그것을 거절하매 금과 비단을 준비하여 집에 넣어주려 하였으나 문을 닫고 받아 주지 않았다는 고사로 "다른 사람을 위해 어려움이나 분쟁을 해결하고 나서 그 대가를 받지 않아야 고매한 선비이다."라고 말하였다고 전해진다.

鴂食
역겨운 고기를 먹음은

曾如蟲李美
어찌 벌레 먹은 자두를 먹는 아름다움과 같으며

- 역역(鴂鴂): 거위 우는 소리이다.
- 진중자(陳仲子): 중국 춘추전국시대의 제나라 때의 청렴한 선비로 모친을 방문하니 모친이 고기반찬을 줘 다 먹은 후 모친께 무슨 고기냐고 여쭈니 모친이 남이 보낸 거위고기라고 말하자 진중자가 남에게 얻어먹는 음식이 소박하지 아니하다고 하고 나가 토하고 가다가 배가 고파 우물물을 먹으러 가다 우물 위에 떨어진 벌레 먹은 자두가 떨어진 것을 먹었단 고사이다.

瓜祭何勝荣羹恬
소찬으로 제사를 지내더라도 근본을 잊어서는 안 되며

- 중국에서 소식(疏食: 소박한 음식)은 나물류와 오이 등의 열악한 음스을 뜻하며 채갱(荣羹)은 나물과 쌀이 범벅으로 가루가 되어 국이 된 것을 말하며 오이는 북쪽 지방에서 날로 먹거나 익혀 먹기도 했는데, 중국 고래로 음식을 먹을 때는 여러 가지 음식을 조금씩 들어서 재기에 담아 먼저 선대 조상에게 제사를 지내 은혜에 보답한 후 음식을 먹었는데 근본을 잊지 말자는 의미였다. 공자께서도 음식을 먹을 때는 비록 천박하고 보잘 것 없더라도 반드시 조상에게 먼저 엄숙하고 경건하게 제사를 지내라고 하였다.

奉路止堪供禮儀
벼슬길에 녹봉은 다만 견딜 수 있으면 되고 예법과 의리에 이바지하여

擧家食費僅盤桓
가족이 겨우 음식을 먹는 것으로 감사해야 하며

百篋抬回失節物
백 상자에 남이 잃어버린 물건을 실어오고

滿箱裝裹昧心錢
만 상자에 가득히 마음에 어두운 돈을 가져오면

笞杖徒流誰不怕
벌을 받았다 하더라도 어찌 부끄럽지 않으며

• 태장(笞杖): 태형(笞刑)과 장형(杖刑)은 볼기를 치는 형벌이다.
• 도류(徒流): 도형(徒刑)은 죄인을 곤장과 징역으로 다스리던 형벌이다.
• 유형(流刑): 귀양을 보내던 형벌이다.

勸爾抬頭看上天
권력이 머리 위에 있더라도 어찌 하늘을 볼 것인가?

縱容男僕如狼虎
아들과 종이범과 이리와 같이 달려들어

謀抬軍民地與田
군사와 백성의 땅을 모략으로 점령하여 밭을 만들더라도

勢敗運衰參訐告
세력이 줄고 운수가 쇠하면 원수 지은 사람들이 무리지어 고소하여

拔塚平房參報告
무덤을 빼고 방을 없애 원수를 원수로 갚나니

婦男窮極爲娼盜
며느리와 자식의 궁함이 극에 달해 창녀와 도둑이 되나니

恨殺當初惡要錢

당초 악행으로 남의 돈을 갈취한 것이 한이 되리라.

人之節如竹又如月

사람의 절개는 대나무와 같고 달과 같으니

廣大與高明圓容更淸潔

광대하고 높고 밝으며 그 둥근 모양은 맑고 정결하니

一生直不彎

일생에 곧아서 굽어지지 않는 것이며

挺挺欺霜雪一勁參天秀

그 빼어남이 서리와 눈을 업신여기듯 한 줄기 굳세어 하늘에 빼어나니

舞風浪明月

바람과 더불어 춤추어 밝은 달을 희롱 하니라.

娥英泣竹林點斑黸斑皆血

아황과 여영이 대숲에서 슬피 우니 점점이 얼룩진 것이 모두 피요.

• 아영(娥英): 아황(娥皇)과 여영(女英)을 합쳐 부르는 말로써, 효 임금에게는 두 딸이 있었는데 큰 아이는 아황으로 20세이고, 작은 아이는 18세로 여영이다. 두 사람의 소원은 성인 순께 시집가는 것이었는데 당시 순께서는 계모와 그 소생인 3명의 자식을 돌보기 때문에 결혼을 할 수가 없었다. 효 임금께서는 출가 전 2명의 딸에게 처와 며느리로서의 도를 가르치면서 유순(柔順) 2자가 최고 중요함을 가르치셨다. 추후 아황과 여영은 순 임금과 결혼 후 근고한 생활을 하였는데 계모가 여러 번 순 임금을 죽이려는 것을 합작하여 막아내었다. 순 임금께서 등극 후 자주 전국을 순례하면서 백성들의 삶을 지켜보셨는데, 매번 대신들이 따라다니면서 수청 들어 사람들을 힘들게 하시는 것을 거부하시고 항상 아황과 여영이 따르면서 순 임금의 기거를 보살폈다. 한 번은 한 여름에 전국을 순찰할 때 동정호에 이르러 기온이 너무 뜨거워 아황과 여영은 동정호에 남고 순 임금께서는 계속 남쪽으로 순례하시었다. 어느 날 여영의 꿈에 순제께서 나타나셔서 "나는 더 이상 이 세상 사람이 아니며 인생은 모였다 다시 흩어지는 것이니 슬퍼하지 말라."는 꿈을 깨고 나서 '순 임금께서 창오산에서 돌아가셨다.'는 소식을 듣고 혼절하며 울어 마음과 몸이 불이 타듯 슬픔으로 만 갈래로 찢어졌다. 혼절하면서 곡을 하여 눈에서 흐르는 눈물이 점점이 땅으로 떨어졌는데 한 방울 한 방울이 피었는데 이 핏방울이 땅으로 모여 동정호에 있는 군산의 대나무는 점점이 얼룩 졌다는 고사로 두 왕비의 순 임금에 대한 일편단심을 상징하는 것으로 2주 후 두 황후의 시체가 동정 호수에 떠올라 군산에서 장례를 치렀으며 지금

171

도 군산에는 두 왕비의 묘가 있는데, 묘 주변에 얼룩진 대나무가 모여 자란다고 한다.

卽如蘇武杖數有十二節
소무의 깃대처럼 대나무 열두 마디의 절개가 있는지라.

• 소무(蘇武): 중국 고대 명인 중 한 사람으로 한나라 무제 때 100명의 수행원을 데리고 예물을 올리고 돌아오려고 준비할 때 흉노왕 선우가 소무의 수행원 중의 일부가 반란을 일으키려 했다는 누명을 씌워 소무 일행을 억류하여 소무에게 죄를 인정하고 투항하기를 권하였으나 소무는 항거하여 자결로써 맞서자 선우가 소무의 투항이 불가함을 알고 춥고 냉한 곳에 가둬 음식을 일체 주지 않았으나 소무가 눈을 먹고 마시며 죽질 않아 생존하기가 힘든 황량하고 추운 북해로 추방하였다. 소무는 한나라 조정으로부터 명이 내리기를 기다리며 들쥐와 초근목피로 생명을 이어나갔는데 19년간 손에 든 한나라의 대나무로 만든 깃대와 깃발이 유일한 정신적 지주였다. 바람과 비로 깃발의 털이 떨어지고 빛이 바래도 여전히 들고 한나라의 명을 기다렸다. 한나라 무제가 죽고 여섯째아들인 소제가 즉위하고 흉노와의 관계가 좋아지자 화친을 요구하면서 소무의 귀환을 요구하였는데 흉노족 선우왕은 소무가 이미 죽었다고 하며 석방을 하지 않았다. 이에 한나라는 사신을 다시 보내 수소문하여 소무의 생존을 확인하자 소무를 한나라로 귀환시키지 않을 수 없었다. 소무는 19년 만에 국가의 임무를 마치고 돌아올 때 머리는 이미 백발이 되었고 모습은 초췌하여 몸을 제대로 가누지 못하였는데 황제와 문무백관이 마중 나와 눈물을 흘렸으며 국가적인 귀감으로 칭송받았다.

李陵汚其奸蘇武敬其烈
이능은 그 간사함이 더러움이 되고 소무는 그 절개를 공경하나니

• 이능(李陵): 중국 한 무제 시대의 장수로 왕에게 청하여 이광리와 흉노를 치러가 흉노족 선우와 싸워 흉노족 수천 명을 죽이는 전과를 올리나 관감이라는 간사한 사람에게 속아 8만의 흉노족에 둘러싸여 항복하니 실제로 그 마음은 한나라를 잊지 못하였으나 어쩔 수 없이 힘이 다하여 흉노족에게 항복한 것을 한 무제가 진노하여 삼족을 멸하니 이능은 실제로 간사하지 않으나 간사한 모양새가 되어 몸을 더럽혔다는 고사이다.

仲升使西域三十六國卻
중승은 서역에 사신으로 나가 삼십 육국을 아울렀다.

• 중승(仲升): 중국 후한 초기의 무장 반초(班超)의 자(字)로, 한나라 초기 한고조 시대에는 국력이 부족하여 주변 나라와 화친 정책을 펼쳤으나 무제 즉위 후 국력이 강성하여져서 흉노족을 토벌하여 수십 년간 조공을 받쳤던 치욕을 씻고자 하였다. 먼저 서역의 나라들과 동맹을 결성하여 흉노족을 협공하고자 장건(張騫)을 2차에 걸쳐 서역에 사신으로 보내었다. 그러나 서역에서는 흉노와 대항하기를 원하지 않아 동맹에는 실패하였으나 한 왕실

과 서역의 각 국가는 서로를 인식하고 왕래를 하는 계기가 되었다. 그 후 흉노족은 내부 분란으로 남북 흉노족으로 분열되면서 남흉노와는 화친하였으나 북흉노와는 여전히 적이 되어 다시 반초(班超)가 서역으로 출사하여 서역 각국이 동맹이 되어 흉노를 공동으로 공격하자고 제안하였다. 반초가 서역으로 출사한 후 중국과의 문화적 교류가 촉진되었으며 30년간 서역(西域)에 머물며 반세기 이상 흉노의 지배하에 있던 50여 나라를 한(漢)나라에 복종시켰다. 반초는 용맹과 지략을 겸비하여 한나라가 서역의 패권을 차지하는 데 공을 세웠다. 정치적으로는 한나라와 서역 간을 수십 년간 안정시켰으며 경제적으로는 향료, 모피, 보석 등을 수입하고 중국의 비단, 동, 철 등의 금속류와 그릇 등을 교역하면서 문화적으로 비약적으로 발전하는 계기가 되었다.

節義全神聖悅
절의가 온전하면 신명과 성인이 기뻐하시어

或掌天曹事或補城隍缺
혹 하늘의 일도 맡기기도 하고 혹은 성황의 모자란 점을 보충하기도 하며

或生公與侯富貴千年業
혹은 인간의 몸을 받아 제후가 되어 부귀를 자자손손 천 년을 하나

亂臣並賊子每杷忠良滅
난신과 도적 자식은 매양 충신과 어진 이를 멸하며

一見虛歡喜
한 번 봄에 허무한 것을 즐기고 기뻐하나

心口各相別心存丈八矛
마음과 말이 각각 달라 마음에는 한길 여덟 자 칼을 감추고

意存三尺鐵舌下有龍泉
뜻에는 석자 쇠를 감추어 혀 밑에 있는 용천검으로

殺人不見血
피를 보지 않고 사람을 죽이니

貪酷剋奸讒
탐하여 혹독하고 극악하며 간악하고 중상하니

自殞兒孫絶
스스로 죽고 자손이 끊어지느니라.

吾不喫長齋吾不信異說
나는 성의가 담기지 않는 제사 음식을 먹지 않으며 다른 말은 믿지 않느니

地獄卽城隍三寶星日月
지옥이 곧 성황이요 세 가지 보물은 별과 태양과 달이다.

• 지옥이 곧 성황이요: 죄를 지으면 지옥에 가기가 마을 옆 성황 가는 것만큼 가깝다는 말이다.

救濟急難人就是解冤結
위급한 사람을 구하는 것이 곧 원한 맺힘을 푸는 것이니

此四節, 忠孝廉節詳明甚切
충, 효, 염, 절 이 네 마디를 자세히 밝힘이 간절하나이다.

☑ 관성제군 구겁문(關聖帝君救劫文)

帝君曰
제군이 말씀하시길

賊去賊來何日休
도적이 가고 도적이 옴에 어느 날 쉴 것인가?

人間尸骨擁如邱
인간의 주검 뼈가 언덕같이 쌓일 것이다.

爾曹但自行眞善
너의 무리가 다만 스스로 진실한 선을 행하면

黑籍全消白玉樓

지옥 살생부에 죄명이 사라지고 이름이 천상 백옥루에 오르리라.

• 흑적(黑籍): 도교에서 전해지는 말로 지옥에 죄인의 이름과 죄명을 기록한 기록부로 흑적에서 한 사람의 이름을 삭제하려면 백 가지의 큰 공을 세워야 한다고 한다.
• 백옥루(白玉樓): 도교의 전설상의 백옥으로 만들어진 누각으로 깨끗한 선비들이 사후에 간다는 곳, 즐거움만 있고 괴로움은 없는 곳을 말한다.

嗚呼大劫臨矣

오호라 큰 겁운이 오는구나!

五等皆爲爾曹受罰

우리들이 너희 무리를 위하여 벌을 받나니

爾等猶優游自在耶

너의 무리는 오히려 유유자적하는구나!

恭惟帝心仁愛何忍

삼가 생각하건데 상제께서 인애하신 마음 참으시고

以大劫荼毒斯民

큰 겁운으로 이 백성에게 독한 벌을 내리시지마는

所以然者人心旣壞王法難容

그러나 인심이 이미 무너져 왕법이 용납하기 어려우며

地獄之說疑爲延

지옥의 말씀은 허망한 소리라 의심하고

來生之報爲迂

내 생의 보응은 실제와는 다르다고 믿지 아니하므로

• 오(迂): 오활(迂闊)의 줄임말로 올바르지 아니하고 실제와는 거리가 멀다는 뜻이다.

不得已假手凶神授之鋒刀

부득이 흉악한 신령의 손을 빌려 칼날을 주어

使一切元惡大憝
모든 악한 일을 꾸미는 괴수와 악인으로 하여금

• 원악(元惡): 악한 일을 꾸미는 우두머리이다.
• 대대(大憝): 아주 괘씸하고 얄미운 악인(惡人)이다.

分受其罪
각각 그 죄를 받게 하면

庶足以剔邪蕩穢
거의 족하여 간사함을 없애버리고 더러운 기운을 쓸어버림으로

• 서(庶): 서기(庶幾)의 줄임말로 '거의'란 뜻이다.

興起良善
백성들의 선량한 마음을 흥기할까 하시니

此紅巾黃巾如巢如闖如獻之
이에 홍건적과 황건적과 황소와 이자성과 장충원 같은 도적이

• 홍건(紅巾): 중국 원나라 말 일어난 홍건적(紅巾賊)을 말한다.
• 황건(黃巾): 중국 후한(後漢) 말기에 일어난 황건적의 난을 말한다.
• 소(巢): 소는 황소(黃巢)를 지칭, 당나라 희종(僖宗) 때의 도적으로 당의 멸망을 가속화시
킨다.
• 틈(闖): 틈은 명나라 말 민란의 영수인 이자성(李自成)을 지칭하는 것으로 이자성의 별명
이 틈왕(闖王)이다.
• 헌(獻): 명나라 말 민란의 영수인 장헌충(張獻忠: 西元 1606年~1646年)이다.

更迭而不忌也
번갈아 난리 짓기를 꺼리지 않느니라.

大淸定鼎二百餘年昇平日久
대청이 나라를 세운 지 2백여 년이 되어 나라가 태평한 지 오래라.

奸僞逐滋
간사하고 거짓 같은 일이 점점 더하여져

官吏紳民
관리와 아전과 사대부와 백성들이

大率逆倫背理
대개 윤리를 거역하고 천리를 어겨 행함으로

自絶於覆載
스스로 끊어지고 무너진지라.

上帝震怒已於數十年前命諸魔王
상제께서 진노하사 이미 수십 년 전의 모든 마왕에게 명하여

降世流布瘟疫蜂起干戈
세상에 내려가 질병을 펴며 병난을 일으키라 하시니

- 온역(瘟疫): 고대에 유행했던 급성 전염병을 말한다.
- 간과(干戈): 방패와 창이라는 뜻으로 전쟁에 쓰는 병기를 말하며 전쟁을 일컫는다.

爾時吾等聞命悚惕自惟迄
이때에 우리들이 이 명을 듣고 두려워하고 놀라 스스로 생각하니

今受歷代帝王寵錫享
지금까지 역대 제왕의 총애를 받아

- 총석(寵錫): 임금이 총애하여 물건을 하사하는 것을 말한다.

億萬民血食
억만 백성의 노력으로 지은 제사 음식을 누린지라

- 혈식(혈식): '혈식천추 도덕군자'에서 나온 말로 예로부터 인류의 본보기가 되는 사람의 신위는 불천위(不遷位)라 하여 영원히 사당에서 모시도록 하였다. 제사에는 날것을 제수로 올리는데 불로 익히지 않는 음식으로 제사를 지낸다 하여 그 음식을 혈식이라 한다.

若不竭力救援尸素安辭
만일 힘을 다하여 구하지 않으면 시위소찬을 어찌 면하리오! 하고

乃偕諸神祇俯伏金闕

이에 모든 신령과 함께 금궐(궁궐)에 고개 숙이고 엎드려

哀懇暫緩容俟導化

간절한 마음으로 백성들에게 길을 인도하기를 잠깐 늦추어 기다려 주시길

蒙恩准奏卽速開化

꿈에 아뢰기를 허락받아 아뢴 즉 속히 길을 열라 하시니

於是遍處降乩 不時降壇

이에 여러 곳에 강계도 하고 수시로 단에 내려

木筆沙盤千萬其言

나무 붓과 모래소반의 천만 가지로써 훈계하여

自謂可以普渡迷津矣

스스로 이르되 널리 제도 되리라 하였더니

詎料積弊海深挽回無術

어찌 쌓인 폐단이 바다같이 깊어 돌이킬 수 없음을 알았으리오.

開化雖久悟者寥寥

개화한 지가 비록 오래나 깨닫는 사람이 없는지라

上帝見斯情狀謂

상제께서 이러한 사정과 형편을 보시고 말씀하시기를

吾等從負覺世之名
우리 무리가 한갓 세상을 깨닫게 하는 이름만 가지고

而無化民之實
실로 이 백성을 교화하지 못했다고 하시며

於是命諸魔王卽日興劫運
이에 모든 마왕에게 명하사 바로 겁운을 일으키게 하시고

治吾等開化不力之罪
우리들이 백성들을 위한 길을 여는 데 힘쓰지 아니한 죄를 다스리고자

焚祠毁像職是故耳
사당을 불 지르고 상을 훼손한 것이 이러한 이유라!

嗚呼可不愼哉可不悲哉
오호라! 어찌 삼가지 아니하며 어찌 슬프지 아니한가!

現在江漢以上蹂躪最苦似乎
지금 강한의 상부 지방이 병난으로 유린되어 너무 괴로워

• 강한(江漢): 중국 양자강(揚子江)과 한수강(漢水江)을 말한다.

玉石不分 稂莠莫辨
옥과 돌도 구별하지 못하고 강아지풀조차 분별하지 못해

• 랑유(稂莠) : 강아지풀이다.

不知妖氣雖惡
요사스러운 기운이 악함을 알지 못할 듯하나

天鑑日彰試看
하늘이 굽어 살피고 날마다 밝으시니 시험하여 지켜보라

損身者有非窮凶極惡者乎
몸을 망하게 하는 것은 몹시 흉악함과 극도로 악함에 있는 것이며

傾家者有非怪吝刻薄者乎
집을 망하게 하는 것은 인색함과 인정이 없고 삭막함에 있는 것이니

至於修德行仁之士
덕을 닦고 어짊을 행하는 선비와

輕財好義之家
재물을 가볍게 여기고 의리를 좋아하는 집에는

雖過其門而不入
도적이 비록 그 집 문을 지나가도 들어가지 않고

或入其室而不傷
혹 그 집에 들어가도 해치지는 아니하니

此非人力實乃天眷生
이는 사람이 만든 결실이 아니라 실로 하늘이 사람을 돌보심이니

斯際者竭力向善以挽天心至
힘을 다해 선을 향하여 하늘의 마음을 회복하도록 하라.

或有借刀行凶
혹 칼을 빌어 흉한 것을 행하고

借桀行虐巧
악인을 시켜 사나운 일을 행하며 교묘하게 하여

• 걸(桀): 중국 하나라의 폭군이자 마지막 왕으로 은나라의 탕왕에게 멸망하였다. 악인을
일컫는다.

剝鄕里之膏
마을 사람의 노력한 바를 착복하여

私圖身家之潤
사사로이 집과 몸에 이롭기만 도모하면

若此心似豺狼行同狗彘
이렇듯 마음이 승냥이와 이리 같으며 행실이 개와 돼지 같은 것은

正名定罪萬死猶輕其
죄명을 정하면 만 번 죽여도 오히려 죄가 가볍건만

暫寄頭首者譬如
잠깐 머리를 붙여둠을 비유로써 표현하면

牢中之豕待其肥壯然後加刀耳
우리 속의 돼지를 살찐 연후에 칼로 내리침과 같으니

其能久立於世乎
어찌 세상에 오래 서 있을 수 있겠느냐?

吾奉上帝勅命掌校善惡册
내가 상제칙명을 받자와 선악부 책을 아는지라

雖以開化得罪而
비록 사람들에게 길을 열어줌을 잘못하여 죄를 얻었으나

一片婆心殊難終巳耳
일편 자비한 마음이 끝내 끊어지지 않는구나!

見爾等近日頗知向善似
근일에 보니 너희들이 약간의 선을 행함이 있는지라

有一線生機故不憚諄諄告語
한 실오라기만큼 살 기틀이 있는 고로 성내지 않고 타이르노니

欲遠劫者自有良方
겁운을 멀리 하고자 하는 사람은 스스로 좋은 방법이 있으나

特患人之不遵
특별히 사람이 쫓지 않음이 근심이로다.

耳方何在曰孝弟曰寬厚曰剛直曰節儉
좋은 방법이 어디에 있는가? 효제, 관후, 강직, 절검이 그것이로다.

四者備而劫自遠矣
네 가지가 구비하면 겁운이 스스로 멀어지리라.

不然深山窮谷
그렇지 않고 깊은 산 험한 골짜기가

雖屬匿跡之區
비록 자취를 감출 듯한 곳이라 하나

豈是無人之境
어찌 사람을 피할 수 있으리오.

卽欲避之巖壑中恐
곧 바위와 골짜기 가운데로 피하고자 하나 염려스럽고 두렵구나!

吾能往賊亦能往也
내가 갈 수 있다면 도적도 또한 갈 수 있나니

尸準山海只在目前
주검이 쌓여 산과 바다와 같기가 눈앞에 있으니

爾曹留意
너희들은 부디 유의하라

此吾在荊降法戒也
이 글은 내가 형주에 있을 때 내려온 법으로 경계한 것이니

地雖異而化行之理一也
지방은 비록 다르나 교화하는 이치는 한 가지라.

爾等學士文人錄一張以傳人者
너희 들 학사문인이 한 장을 기록하여 사람에게 전하는 자는

可免一身之劫
가히 이 한 몸의 겁운을 면할 것이오.

錄十張以傳人者可免一家之劫
열 장을 기록하여 전하는 자는 가히 한 집 겁운을 면할 것이오.

182

傳百張於世者可免一方之劫
백 장을 세상에 전하는 자는 가히 한 지방의 겁운을 면할 것이오.

由是一傳十
이것으로 말미암아 한 사람이 열 곳에 전하고

十傳百而劫自歸於無有矣
열 사람이 백 곳에 전하면 겁운이 스스로 사라지리라.

今隣府爲賊所害而
지금의 이웃 고을이 도적에게 해로운바 되나

不知憫惜者
민망하고 아끼지 아니하심은

蓋上帝本生生之理
대저 상제께서 본래 인간 세상을 새롭고 새롭게 하고자 하는 이치로

誠欲爾等擧積習而
진실로 너희들로 하여금 쌓인 버릇을 덜어 버리고자 하여

痛懲之耳爾力行之
엄하게 벌을 내림이시니 너희들이 힘써 행하기를

• 통징(痛懲): 엄하게 벌을 내림, 엄징(嚴懲)과 같은 뜻이다.

子日望之
내가 날마다 바라노라.

☑ 관성제군 오륜경(關聖帝君五倫經)

● 부자장(父子章)

乾道爲父坤道爲母
하늘의 도는 아버지요 땅의 도는 어머니라.

生我此身育我此身養我此身成我此身
내 몸을 낳고 기르시며 양육하고 몸을 이루게 하시며

訓我聖訓敎我聖敎
성현의 말씀으로 나를 훈계하며 성인의 가르침으로 나를 가르치시니

父恩罔極母恩罔極
아버지와 어머니의 은혜는 너무 커서 그 한계가 없도다.

報我父恩何事可答報我母恩何事可答
부모님의 은혜를 갚음에 어떤 일로 감히 갚는다고 답할 수 있으리오.

事父至孝事母至孝養以其志奉以其心
부모님께 지극히 효도하고 그 뜻을 봉양하고 그 마음을 봉양하며

晝夜無間生死無間
주야로 빈틈없이 하며 삶과 죽음의 경계에서도 빈틈없이 하여도

比之父恩比之母恩千不及一萬不及一人
부모의 은혜에 비하면 천의 하나만의 하나도 미치지 못하느니라.

若不知觀我斯訓
만약 알지 못하겠거든 나의 이 훈계를 보고

須得孝經常目
효경을 얻어서 항상 눈앞에 두도록 하라.

在之孝經有二二其云何宣聖孝經文帝孝經
효경에는 2가지가 있는데 공자님의 효경과 문창제군의 효경이다.

我雖說孝說無過此乃示此事
내가 비록 효에 대해서 말하나 말은 행동에는 미치지 못하는 것이니

克念克修
지극히 생각하고 지극히 닦으라.

孝兮孝兮天在孝中孝兮孝兮地在孝中
효! 효라! 하늘도 효 중에 있으며 땅도 효 중에 있으니

孝含天地
효라는 것은 천지의 모든 물건도 포함하는 것이니

何物其外
어떤 물건이 그 밖에 있을 것인가?

若也不孝天怒神憤
만약 불효하면 하늘이 노할 것이요. 신이 분노하여

陰斷福根陽絕壽紀
드러내지 않고 복의 근원을 잘라버릴 것이며 밝게는 수명을 빼앗아

嗣必無後可不懼哉
반드시 자손을 없게 할 것이니 어찌 두렵지 아니 하리오!

人能眞孝天佑神助
사람이면 능히 진실로 효하면 하늘도 도우고 신도 도우며

壽福綿連子孫繼承
수명과 복록이 면면이 이어져 자손이 계속 번성하여

簪纓世世科宦代代以暢大行
잠영과 과환이 대대로 이어져 큰일을 펴며

• 잠영(簪纓): 관원이 쓰던 비녀와 갓끈을 말하며 양반이나 지위가 높은 벼슬아치의 비유적 표현이다.
• 과환(科宦): 과거에 급제한 벼슬아치이다.

以勸其孝普天赤子聽此切意
효도함을 널리 권하노니 하늘 백성들은 나의 간절한 뜻을 듣고

• 적자(赤子): 갓난아이의 한자음으로 임금이 갓난아이처럼 여겨 사랑한다는 뜻으로 백성을 말한다.

力行力行我護汝身
힘써 힘써 행하면 내가 네 몸을 보호하리니

所求所願隨念隨應若
그 원하는 바와 구하는 바를 생각하는 대로 응하리니

或輕薄指爲神言虛無渺冥
혹 경박하여 신령의 말이라 허무하고 아득하다 하여

置而不問
나의 말을 버려 묻지 않고

因循優遊置而不問
편하게 지냄만을 탐하며 나의 말을 버려 진실을 알려고도 하지 않고

高遠難行置而不問
높고 멀고 어렵다 하여 나의 말을 버려 진실을 묻지 않으면

予請試刀蕩斥斯類
청하건대 내 칼로써 그 무리를 쓸어버리고 물리치리라!

○ 군신장(君臣章)

天尊地卑各位已定
하늘은 높고 땅은 낮으니 각각 그 위치가 이미 정하여져 있고

君尊臣卑
임금은 높고 신하는 낮으니

春秋已定
대의명분을 밝히는 큰 의리는 이미 정하여져 있도다.

臣道臣道在臣不君
신하의 도는 신하에게 있지 임금에게 있지 않으며

面折廷爭
면전에서 허물을 기탄없이 간하여 조정을 깨끗이 하는 것을

• 면절정쟁(面折廷爭): 면전에서 허물을 기탄없이 간한다는 의미로 때와 장소를 가리지 않고 다툰다는 의미가 강하다.

雖曰忠矣
비록 충성이라고 말하나

不如陳善以閉其邪
착한 말을 베풀어 그 사특함을 막는 것만 같지 않도다.

今世臣子漸不如古
금세의 신하된 자는 점점 옛날과는 같지 않으니

諛上諂尊肥已誤國
임금에게 아첨하여 자기 몸을 살찌우며 나라를 그릇되게 하고

予觀此等不勝憤惋
내 이런 무리를 보고 분하고 한탄스러움을 참지 못하니

臣子之道聖有古訓
신하된 자의 도리는 성현의 옛 말씀에 있으니

子不再煩然示大綱
내가 다시 말하지 않으나 그 대강은 보이노라!

食君厚祿寵君高官顯親
임금의 후한 녹을 먹고 높은 벼슬을 하며 어버이를 드러내고

高門光祖蔭孫
가문을 높이고 조상을 빛내고 자손이 음관이 되는 것이

187

無非君恩
임금의 은혜가 아니고 무엇인가?

總是君德敢曰英俊
모든 것이 임금의 은혜이거늘 감히 자신을 영준하다 하며

自高自滿莫高莫滿
스스로 높은 체하고 스스로 가득한 체하니 높은 체도 가득한 체도 말고

回思一念靜
일념을 다시 돌이켜 조용히 생각하여

思民情記奏龍楊
백성의 정세를 살펴 기록하여 임금께 아뢰도록 하라!

遠謀國計陣奏玉陛
나라를 위한 계획을 멀리까지 정성껏 일을 꾀해 임금께 아뢰며

補奏君過下氣怡聲
임금의 과오를 아뢸 때에는 기운을 낮추어 목소리를 순하게 하며

建奏君失叩頭流血受命
임금의 실책을 아뢸 때에는 피가 날 정도로 머리를 조아려 명을 받으라.

出陣廣恩方略
전쟁에 나아감에 널리 방법과 계략을 생각하며

臨陣對敵身先士卒
전투에 임하여 적을 대하거든 병사의 몸을 우선 생각하라!

文武臣職如是盡誠
나라의 신하가 모두 정성을 다하여 직무를 행하면

致君堯舜安邦磐泰
임금이 요순과 같이 되어 온 나라가 반석과 태산같이 편안할 것이다.

若不如是汚我斯訓
만약 이같이 아니하고 나의 이 훈계를 더럽히면

予有神術先懲此等以戒餘類
내가 하늘의 법술로 먼저 이러한 무리를 징벌하고 남은 무리를 경계하여

淸平一國
나라를 맑히고 평안히 하리라!

○ 부부장(夫婦章)

天地交泰生育萬物
하늘과 땅은 크고 넉넉한 기운을 주고받아 만물을 낳고 기르며

男女交情生育子孫
남녀는 정욕을 주고받아 자손을 낳고 기르나니

夫婦之道法天法地
부부지간의 도는 하늘과 땅의 법과 같은 것이니

法莫大焉法莫重焉
법이 이렇게 큰 법이 없으며 이렇게 중요한 법이 없나니

父子之道由是而生兄弟之道由是而立
부자간의 도도 이것으로 생기며 형제지간의 도도 이것으로 세워지니

是故聖人以制嫁娶
이러한 이유로 성인께서 장가와 시집가는 제도를 만들어

乃重其倫令不溷淪
그 윤리를 엄하게 하여 혼잡하고 뒤범벅이 되지 않도록 하시니

至矣大矣
성인의 가르치심은 지극하시고 크시 도다.

聖訓聖訓世人不知恣行無禮
성인의 가르치심을 세상 사람이 알지 못하고 무례를 자행하니

夫待其妻如畜賤妾
남편은 처를 대하기를 천한 첩을 기르듯 하고

婦待其夫如視嬰兒
아내는 남편을 대하기를 어린아이 보듯 하니

嗚呼怪矣此道絕矣
오호라! 괴이하도다. 이 도가 끊어졌음이라!

漸近以來天良喪盡
이후로 점점 지남에 따라 하늘의 양심이 다하여

男不爲男女不爲女
남자는 남자가 아니며 여자는 여자가 아니도다.

淫行無度悖理逆倫
음행이 도가 넘쳐 도리에 벗어나고 윤리를 뒤집히게 하니

予察此等數無量數
내가 이런 무리를 관찰하니 그 수가 한량없이 많은지라!

一勸世人
한 번 세상 사람들에게 권하노니

聽此斯訓先敎子女以貞以烈又敎子女以德以義
이 훈계를 들으면 아들과 딸을 정조와 곧음, 덕과 의로써 가르치면

決無是行決無是行
결단코 이러한 행실이 없나이다.

罪非渠罪實在不敎
죄가 저희들의 죄가 아니라 실로 가르치지 못함에 있는 것이니

先正此倫餘倫隨正
먼저 이 윤리를 바로하면 남은 윤리도 따라서 바를 것이니

普土蒼生銘我切訓
넓은 땅의 모든 생명들은 나의 간절한 훈계를 명심하라!

若不奉訓子施天律
만약 나의 훈계를 받들지 아니하면 내가 하늘의 법을 시행하리라!

○ 장유장(長幼章)

長先幼後
나이든 사람은 먼저 행하고 어린 사람은 뒤에 행하는 것이

常法常理
사람으로서 행해야 할 법칙이오, 도리이거늘

奈何今世長幼法忘
어찌 금세에는 장유의 법을 망각하여

幼富幼勢
젊은 사람이 부하고 세력을 얻으면

長諂長諛
나이든 사람이 아첨하고 알랑거리며

長貧長孤
나이든 사람이 가난하고 고독하면

幼欺幼凌
젊은 사람이 나이든 사람을 기만하고 능멸하니

長失道耶幼失道耶
나이든 사람이 도를 잃었는가? 젊은 사람이 도를 잃었는가?

子觀此等不勝憤憫
내가 너희 무리를 보건데 분한 마음과 민망함을 이기지 못 하느니라!

不可紊者斯道斯道
결코 문란하지 않은 것이 이 도이니

幼者者幼
젊은 사람은 스스로 젊은 사람 노릇을 하고

長者自長
나이든 사람은 스스로 나이든 노릇을 하며

長愛其幼
나이든 사람은 그 젊은 사람을 사랑하며

幼敬其長
젊은 사람은 그 나이든 사람을 공경하도록 하라!

鄕黨之間宗族之中序次不亂
마을과 친족지간의 서열의 차례가 어지럽지 아니하면

法度專矣
법도는 온전할 것이다.

予勸世人奉斯切訓
내가 세상 사람들에게 권하여 간절한 교훈을 받들게 하노니

老吾其老
나이든 사람을 내 집의 나이든 사람처럼 대하고

幼吾其幼
젊은 사람을 내 집의 젊은 사람처럼 대하라!

風有揖讓俗成禮義
살아감에 상대방을 공경하고 양보하며 예와 의를 이루면

天降甘雨年登歲熟
하늘이 단비를 내려 해마다 풍년이 들며 곡식이 잘 익어

• 연등(年登): 풍년이 든다는 말로 연풍, 세풍(歲豊)과 같은 말이다.
• 풍숙(豊熟): 곡물이 잘 익는다는 말이다.

歌月康衢長樂太平
평화로운 세상을 노래할 것이며 길이 태평스러움을 즐길 것이다.

- 강구연월(康衢煙月): 번화한 큰 길거리에서 달빛이 연기에 은은하게 ㅂ치는 모습을 나타내는 말이며 태평한 세상의 평화로운 모습을 일컫는다.

負我斯訓一向前習決驅
나의 이 훈계를 저버리고 한결같이 옛날 버릇을 행하면

劫數以罪不敬
겁을 셈하여 공경치 못한 것을 벌주리라!

- 겁(劫): 무한히 긴 시간을 말하며 보통 1겁은 개벽과 다음 개벽과의 시간을 말한다.

○ 붕우장(朋友章)

朋友有道五倫之基
친구지간에 도가 있으니 오륜이 그 기본이요.

士無師友切琢何處
선비가 스승과 친구가 없으면 어디에서 학문과 덕행을 닦을 것인가?

- 절차탁마(切磋琢磨): 옥이나 돌 따위를 갈고 닦아서 빛을 낸다는 뜻으로 부지런히 학문과 덕행을 닦음을 이르는 말로서 '논어'의 '학이편(學而篇)'에 나오는 말이다.

人無師友問學何處
사람이 스승과 친구가 없다면 어디에서 학문을 묻고 배울 것인가?

友有子故我得其婿
친구에게 아들이 있어 내가 사위를 얻고

友有女故我得其媳
친구에게 딸이 있어 며느리를 얻나니

友兮友兮重莫重焉
친구라 친구라 하는 것은 그만큼 막중하도다.

輓近友道幾乎絕矣
오랫동안 이어온 친구의 도가 거의 끊어졌는지라

• 만근지래(輓近之來): 몇 해 전부터 현재까지 계속되어 오는 상태를 말한다.

言有益則逆而聽之言有諂則順而聽之
말이 유익하나 거슬리게 들으며 아첨하는 말을 기분 좋게 들으니

友之道兮胡至此極
친구의 도가 어찌 이같이 벼랑까지 이르렀는가?

詩場酒席友情如戚
시를 짓는 곳이나 술을 먹는 곳에서는 친구의 정이 마치 친척과 같더니

功場利窟友計如讐
공과 이익을 나누는 곳에서는 친우의 마음속 계획이 마치 원수 같으니

人心險耶世道險耶
사람의 마음이 험한 것인가? 세상의 도가 험한 것인가?

以何術平
어떤 방법으로 마음을 평안히 하며

以何術淸
어떤 방법으로 세상을 맑게 할 것인가?

子任開化廣持方便
내가 세상을 꽃피우는 임무를 맡아 널리 방편을 가지고

能於賞善能於罰惡
선한 사람에게는 상을 주고 악한 사람에게는 벌주기를 능히 하니

體天之心無偏無私
하늘을 본받는 마음으로 치우침과 사사로움이 없도다.

子説此經以教普土
내 이 경문을 말하여 널리 세상 사람들에게 가르치니

奉則信行答子切意
받들고 믿음으로 행하며 나의 간절한 뜻에 답하라.

不答子意自絶覆載
나의 뜻을 받들지 않으면 스스로 천지를 끊어버리고 엎어버리는 것이니

自絶覆載終歸何處
스스로 천지를 끊어버리고 엎어버리면 종국에는 어디로 돌아갈 것인가?

不教而責責在不教
가르치지 않고 꾸짖으면 그 책임이 가르치지 못한 데 있으니

責不可責
꾸짖음을 결코 꾸짖지 못할 것이다.

教此五典聽此五典又不覺悟
이 오륜의 법을 가르치노니 듣고 깨닫지 못하면

責在我乎責在爾乎
책임이 나에게 있는 것인가? 너희에게 있는 것인가?

語已盡語訓無復訓
말은 이미 다 하였고 교훈은 다시 할 교훈이 없으니

銘念銘念以全其身
명심하고 명심하여 그 몸을 온전하게 하라.

2) 부우제군 경전

▽ 부우제군 보고(孚佑帝君寶誥)

부우제군 여동빈조사의 대중을 훈계하는 글로서 뜻을 새기는 경문이
아니라 반복하여 읽는 경문이다.

玉淸內相, 金闕, 選仙, 化身爲, 三敎, 之肆掌法判, 五雷之,
옥청내상, 금궐, 선선, 화신위, 삼교, 지사장법판, 오뢰지,

令, 黃粱, 夢覺, 忘世, 上之, 功名寶劍, 光騰, 掃人間之妖怪,
령, 황량, 몽각, 망세, 상지, 공명보검, 광등, 소인간지요괴,

四生, 六道, 有感, 必孚, 三界, 十方, 無求不應, 黃鶴樓中,
사생, 육도, 유감, 필부, 삼계, 십방, 무구불응, 황학루중,

聖蹟, 玉虛, 殿內, 煉丹砂, 存芝, 像於, 山崖, 顯仙, 踪於,
성적, 옥허, 전내, 연단사, 존지, 상어, 산애, 현선, 종어,

雲洞, 闡法門之, 香火, 作玄嗣之梯航, 大聖, 大慈, 大仁,
운동, 천법문지, 향화, 작현사지제항, 대성, 대자, 대인,

大孝, 開山, 啓敎, 玄應祖師, 天雷上相, 靈寶, 眞人, 純陽,
대효, 개산, 계교, 현응조사, 천뢰상상, 령보, 진인, 순양,

演正, 驚化, 孚佑帝君, 興行妙道, 天尊
연정, 경화, 부우제군, 흥행묘도, 천존

帝君 姓呂 諱巖 字洞賓 號純陽子 陰曆 4月 14日 誕辰
제군 성여 휘암 자동빈 호순양자 음력 4월 14일 탄신

☑ 부우제군 구심편(求心篇: 수도하는 방법)

帝君曰
제군이 말씀하시길

人之有心如天之有日
사람의 마음이 있음은 하늘의 태양이 있음과 같으니

心之邪正如日之升沈
마음이 간사하고 올바른 것은 태양이 뜨고 지는 것과 같으며

日升沈而晝夜分
태양이 뜨고 짐에 따라 낮과 밤이 나눠지듯

心邪正而人鬼判
마음이 간사하고 바름은 사람과 귀신이 판단하는 것이니

故心者萬善之原而百行之所由出也
마음은 일만 가지 착한 것과 일백 행실의 근원이다.

儒曰正心
유가에서는 정심(마음을 바르게 하라.)하고

道曰存心
도가에는 존심(마음을 보존하라.)하고

釋曰明心
불가에서는 명심(마음을 밝히라.)하니

心正則不亂心存則不放心
마음이 바르면 어지럽지 아니하고 마음을 보존하면 노닐지 않고

明則不蔽
마음이 밝으면 가려서 어둡지 아니하나니

三敎一理也
세 가지 가르침이 한 가지 이치로다.

孟子曰學問之道無他
맹자께서 말씀하시되 학문하는 도는 서로 다름이 없나니

求其放心而已矣
그 방심한 마음을 거두어들여 보존할 따름이라 하시니

今之心若亡羊然盍歸而求之
이제 마음이 갈피를 잡지 못하면 돌아가 구하도록 하라!

• 망양(亡羊): 한 가지 일에 전념하지 아니하고 이것저것 하면 실패함을 이르는 말이다.

求心之道無他
마음 구하는 도는 서로 다름이 없나니

屏諸幻想除諸惡念
모든 허망한 생각을 물리치며 모든 악한 생각을 덜고

獨致力於倫常
홀로 인륜과 오상에 힘을 쓰면 되는 것이다.

• 오상(五常): 오륜(五倫), 인(仁), 의(義), 예(禮), 지(智), 신(信)의 다섯 가지 덕을 말한다.

而已盖屏諸幻想則心存
단지 모든 허망한 생각을 물리치면 마음이 보존되며

除諸惡念則心明
모든 악한 생각을 덜면 마음이 밝아지고

置力於倫常則心正而不亂
힘을 인륜과 오상에 두면 마음이 자연 바르고 어지럽지 아니하니

聖賢仙佛不外是矣
성현과 신선, 부처가 되는 길이 여기서 벗어나지 아니하느니라.

至於屏除置力之道則在擇善而固執之耳
물리치며 덜며 힘을 쓸 때에 도의 일어나는 곳에 있는 착함을 가려서 굳게 잡도록 하라.

擇善之道必本倫常
착한 것을 가리는 도는 반드시 인륜과 오상의 근본이 되니

然必心中淸淨無一毫雜念
마음 가운데가 맑고 맑아 한 터럭만큼도 잡념이 없어

火氣不生
불같은 기운이 일어나지 아니하고

在在歡喜
마음을 항상 맑고 맑은 기쁜 곳에 두면

自然心不忘親
자연히 마음이 그 근원을 잊지 못하여

常存敬愛
항상 공경하고 사랑하는 마음이 생길 것이니

推之五倫莫不皆準
오륜을 표준치 않음이 없음이다.

常想聖賢之言潛心理會
항상 성현의 말씀을 생각하여 잠심하고 이치를 모두 알고

每聞父師之訓敬凜奉持
매양 부모와 스승의 가르치심을 들으매 공경하고 늠름하게 받들어가지며

見聖賢經傳格言麥然於目
성현의 경전과 격언을 보거든 마음에 담아 항상 잊지 않도록 하라.

見父母手澤口澤惕然於衷
부모의 허물을 보거든 속마음에 두려워하고

見人善行聞人善言
남의 착한 행실을 보며 남의 착한 말을 듣거든

生企慕心
받들고 사모하는 마음을 내고

見人惡事聞人惡言
남의 악한 일을 보며 남의 악한 말을 듣거든

生警省心
경계하고 살피는 마음을 내며

聞猥褻語而不移
좋지 못한 말을 들어도 마음을 동요치 말고

見好子女而不惑
좋은 자녀를 보아도 혹하지 말며

當喜知節當怒知懲
기쁜 일이든 성나는 일이든 모두 경계할 줄 알아

念念在玆
생각하고 생각하여 조심하라.

與人爲善與人有怨
남과 더불어 착한 일을 도모하고 남으로 인하여 원망이 생기거든

輒思其好處以釋之中心有憾
문득 그 좋은 곳을 생각하여 베풀고 중심의 한 흠이 있거든

輒思已過處以寬之
문득 몸에 잘못한 곳을 생각하여서 너그러이 용서하고

人以非禮相加無心報復
남이 예가 없는 행동을 거듭 더하거든 보복하려는 마음을 내지 말며

人以巧機讒奪無心好還
남이 교묘한 계책으로 모략하고 빼앗더라도 무심히 대응하며

靜籌人托以期踐言
남의 부탁을 고요히 헤아려 들어주려 노력하며

靜思人恩以圖報稱
남의 은혜는 고요히 생각하여 갚기를 도모하라.

處繁華中有恬淡心
번화한 가운데 처하여도 고요하고 담담한 마음을 가지고

處貧賤中無怨尤心
빈천한 가운데 처하여도 원망하는 마음을 내지 말라.

見人失意生悵惘心
남의 실망함을 보거든 안타까운 마음이 나고

見人得意生歡喜心
남의 득의함을 보거든 같이 기뻐하는 마음을 내도록 하라.

見人才高生欽服心
남의 지조가 높음을 보거든 공경하는 마음을 내고

見人饑寒生憐憫心
남의 춥고 배고픔을 보거든 불쌍하고 민망한 마음이 나고

見人勤勞生體恤心
남의 힘을 다해 노력함을 보거든 동정하는 마음을 내고

見人謬惧無非笑心
남의 그릇된 행동을 보고 비웃는 마음을 내지 말라.

見人珍異無倖得心
남의 보배를 보아도 간사하게 가질 마음을 내지 말며

見人富貴無豔慕心
남의 부귀함을 보아도 부러워하는 마음이 없으며

不因勢力而生趨附心
세력이 있다 하여 기대여 빨리 가려 하지 말며

不因衰落而生厭薄心
쇠락한다 하여 싫어하는 마음을 내지 말며

不因貧乏而生苟且心
가난함으로 인하여 구차한 마음을 내지 말며

不因急迫而生險詐心
사정이 급박하다 하여 험하고 간사한 마음을 내지 말며

見老成而生敬
경험이 많아 세상일에 익숙한 사람을 보거든 공경하고

見道德而知尊
도덕 있는 사람을 보거든 높이며

見人愚玩無禮而不怨
남의 미련하고 어리석음을 보매 예절이 없어도 원망치 말고

見人飲啖過節而不憎
남의 음식 먹는 것을 보매 절조 없이 탐해도 미워하지 말며

聞人言語無稽而不厭
남의 말을 들으매 증거가 없어도 싫어하지 말며

聞人虛聲恐愒而不驚
남의 잘못된 말을 들으매 두렵게 하여도 놀라지 말며

見人有功恆思所報
남의 공이 있음을 보거든 항상 갚을 바를 생각하며

見人有過恆想其難
남의 허물이 있음을 보거든 항상 남의 어려움을 생각하며

聞人有善而不疑
남의 착한 것이 있음을 듣거든 의심치 아니하고

聞人有惡而莫信
남의 악한 것이 있음을 듣거든 믿지 말며

引過歸己推善與人
허물을 이끌어 몸으로 돌아오고 착한 것을 미루어 남을 주며

受橫不嗔受謗不辨
횡액을 받아도 성을 내지 아니하고 비방을 받아도 분별치 아니하며

202

居常省過行則闢疑
행주좌와 항상 허물을 살피고 행하면 곧 의심이 사라질 것이며

久久變化氣質歸於純粹
오랫동안 변화하면 기질이 바뀌어 순진무구한 본래 마음으로 돌아가리니

方寸之內有如氷雪
방촌의 마음속이 얼음과 눈 같고

擧念之間無非忠信
모든 생각하는 사이가 충성스럽고 믿음이 있으면

上焉可以入道成眞而證果
위로는 도에 들어가 참된 것을 이루어 증과를 증험할 것이오.

下焉亦長保其福祿而蔭及子孫矣
위로는 그 복록이 길이 보전되어 음덕이 자손에 미칠 것이다.

苟或祭先不敬事親不誠
선조의 제사를 공경치 아니하고 어버이 섬김에 정성이 없으며

父師敎誨口應心違
부모와 스승의 가르치심을 입으로 옹호하되 마음으로 어기고

父母家庭心疑偏愛
부모가 집에서 마음으로 의심하여 치우쳐 사랑하며

兄弟叔姪有欲而憎
형제와 숙질에게 욕심나는 게 있으면 미워하고

天地鬼神臨財不畏
재물에 있어서는 천지와 귀신을 두려워하지 아니하며

聞善知悅過後卽忘
착한 것을 들으매 기뻐할 줄 알다가 지난 후 즉시 잊고

起念爲善未幾卽怠
착한 것을 생각을 일으키다가 얼마 못 되어 곧 나태해지며

聞人有善心疑不信
남의 착한 행실을 들으면 마음에 의심하여 믿지 아니하고

聞人有惡心信不意
남의 악한 행실을 들으면 마음에 믿어 의심치 아니하고

見方正而不恭
방정한 사람을 보아도 공경치 아니하고

對老成而多慢心
세상일에 경험이 많은 사람을 대하면 업신여기는 마음이 많으며

欲勝人時生忿怒
마음으로 남을 이기고자 항상 질투와 성을 내고

心惟利已時生嫉妬
마음에 몸을 이롭기만 생각하여 수시로 미워하고 투기하며

學未成而自負
배우는 것을 이루지 못하되 스스로 져버리고

事已誤而自寬
일이 임의로 그릇 되어도 스스로 용서하며

艱難輒起怨尤
자신의 가난함을 남의 잘못 때문이라 원망하며

富貴便生嬌泰
부귀함을 자신의 훌륭함이라 교만하고 그릇이 큰 체하며

心圖人物而
마음으로는 큰 인물을 도모하되

口却支吾
입으로는 문득 다른 말을 하며 서로 어긋나며

心服其人而口偏倔
마음으로는 그 사람에게 복종하나 입으로는 지나칠 정도로 굽히지 않고

强借財不得遂若仇讎
남의 재물을 빌리려다 얻지 못하면 드디어 원수같이 하며

欠債不還反生怨恨
빚을 져도 갚지 아니하고 오히려 빌려준 사람을 원망하며

才不及其人而故欲傲之
재주가 모자라도 짐짓 거만하고

識不逮其人而故欲非之
아는 것이 부족해도 짐짓 시비하고자 하여

心知自錯而怙終
마음에 스스로 그릇된 줄 알아도 모른 척 바로잡지 아니하고

心議其非而面諛
마음으로는 부정하나 얼굴로는 아첨하며

淫念貪念惡念嫉妬念
음란한 생각과 탐하는 생각과 악한 생각과 질투하는 생각과

媚世念輾轉不除
세상을 사랑하여 집착하는 마음이 세월이 흘러도 조금도 없어지지 않고

忿心躁心傲心不平心
분한 마음과 조급한 마음과 거만한 마음과 불평하는 마음과

陰賊心循環不已所
가만히 도적할 마음이 연속하여 자꾸 일어나 끊어지지 아니하고

謨未善反恨人之不從
도모하는 일마다 착하지 아니하고 사람들이 따르지 않음을 원망하며

作事多乖却怨人之不用
일을 함에 어그러짐이 많아도 사람들이 쓰지 않음을 원망하여 멈추지 않고

見好子女輒生意惡
좋은 자녀를 보면 문득 악한 생각이 나고

聞婦人聲便爾心移
부인의 말을 들으면 문득 그 마음이 변하며

作計欺公起心害衆常懷陰險
잔꾀를 부려 공공을 기만하고 대중에게 해를 끼치며 항상 음험하며

自作聰明在在憎嫌
스스로 총명한 체하며 있는 대로 미워하고 불평하며

時時懊惱
때때로 탐하고 괴롭히며

凡若此自事雖未彰於言行
무릇 이 같은 자는 자신을 숨겨 비록 말과 행동에는 나타나지 아니하나

心先觸怒於鬼神罰在其身毒流孫子
마음은 먼저 귀신이 알고 인과응보가 자손에게까지 흐르리라.

嗚呼善惡之分如絲染皂
오호라! 선악의 나뉨이 흰색 실에 검은 색깔을 입힘과 같고

善惡之報如影隨形
선악의 보응이 그림자가 형상을 따름과 같으니

苟改過以爲良
진실로 잘못을 고쳐 올바른 행동을 하면

亦從凶而反吉
흉한 것이 길한 일로 바뀔 것이나

倘執迷而不悟終怙禍而遭殃然
만일 깨닫지 못하여 행실을 고치지 못하면 마침내 앙화를 만나리라.

而善惡心生吉凶心召
선악은 마음이 만들고 길흉을 마음이 부르는 것이니

苟正其心則無適而非善矣
진실로 그 마음을 바르게 하면 가는 곳마다 환영을 받을 것이오.

苟求其心則無適而非正矣
진실로 그 마음을 구하면 적이 없으며 바르지 아니함이 없을 것이니

聖賢千言萬語不過於斯
성현의 천언과 만언이 바로 이 마음을 바르게 하는 것에 있도다.

靈樞經曰
영추경에 가로되

知其要者一言而終
그 뜻을 아는 자는 이 한마디에 모든 일이 끝나며

不知其要流散無窮
그 뜻을 모르는 자는 아무리 설명하여도 알아듣지 못할 것이로다.

所謂要者行住坐臥常想此心在腔子裏
뜻을 얻은 자는 행주좌와 항상 이 마음을 생각하여 창자 속에 두면

自然雜念不生自然擧念皆善
자연 잡념이 나지 아니하고 자연 모든 생각이 다 착할 것이니

天地鬼神交相保護
천지와 선신이 항상 서로 보호하고

凶妖惡病無自而干矣
흉한 요괴와 악한 병이 스스로 물러날 것이다.

▽ 부우제군 교유문(孚佑帝君教諭文)

부우제군 여동빈선사가 세상 사람들을 가르치고 밝히는 글이다.

仁義之士天地股肱
어질고 의로운 선비는 하늘과 땅의 다리와 팔 같은 존재요.

忠孝之臣帝王之棟樑
충성스럽고 효성스러운 신하는 임금에게는 대들보와 같은 존재로다.

道德之儒聖賢之眼目
도덕이 있는 선비는 성현에게는 눈과 같은 존재요.

宣化之人神靈之輔弼
조화를 베푸는 사람은 신령을 도와주는 존재로다.

奉法弟子敬聽此語
제자들은 나의 말을 공경하여 듣도록 하라.

孝期大舜忠學亞相
효는 순임금같이 하며 충성은 아상같이 하며

• 아상(亞相): 비간(比干)을 말하며 은나라 주왕의 충신으로, 죽음을 무릅쓰고 주왕의 폭정을 간하다가 죽임을 당한다.

防淫必如魯男
음란함을 막기는 노나라 사람같이 하며

戒殺當如黃生
살생을 경계하기를 당연히 황생같이 하라.

悔悔悔無邊福海源混混
뉘우치고 뉘우치고 뉘우치면 끝없는 복의 바다가 가득찰 것이오.

改改改高臨祿星彩炯炯
고치고 고치고 고치면 복성이 높이 임하여 비추어서 밝게 빛날 것이다.

寬寬寬本然德器尙圓圓
너그럽고 너그럽고 너그러우면 본래의 덕성이 오히려 원만해질 것이며

恕恕恕從此禍機求消消
용서하고 용서하고 용서하면 재앙의 기틀조차 소멸하리라.

覺世之寶經萬法說盡
세상을 깨닫게 하는 보배로운 경전이 만 가지 법을 이미 말하였고

208

救劫之大訓千方設具
세상을 구하는 크나큰 훈계가 천 가지 방법으로 베풀어져 있으니

讀耶不讀耶行耶不行耶
읽느냐 읽지 않느냐 행하느냐 행하지 않느냐?

只望爾等回頭看
다만 너의 무리가 머리를 돌려 돌아보기를 희망하노라!

修耶不修耶信耶不信耶
닦느냐 닦지 않느냐 믿느냐 믿지 않느냐?

苦待世人險心平
세상 사람들의 험한 마음이 평탄해지기를 고대하노라!

作事從天理則
일을 함에 있어 하늘의 이치를 따르면

世無功利之說
세상에 공과 이로운 말이 없을 것이며

治國從民望則
나라를 다스림에 백성들의 희망을 따르면

人無怨憾之心
사람들에게 한하고 원망하는 마음이 없을 것이다.

修身苦此聖賢可期
몸을 수행하기를 이와 같이 하면 가히 성현을 기약할 것이오.

體心如是天地俱欣
마음과 몸을 이와 같이 닦으면 천지가 함께 기뻐할 것이다.

聽我言聽我言
내 말을 듣고 내 말을 들으매

切勿負切勿負
간절히 져버리지 말고 간절히 져버리지 말라!

若也藝此經慢此經地獄成於來生
만일 이 경문을 더럽히고 업신여기면 다음 생이 지옥이 될 것이오.

敬此說奉此說天祿及於他世矣
이 말씀을 공경하고 받들면 하늘의 녹이 다른 세상에 미칠 것이로다.

▽ 부우제군 배심성훈(孚佑帝君拜心聖訓)

부우제군 여동빈선사의 마음을 받드는 성스러운 훈계이다.

嗚呼世人拜吾
오호라! 세상 사람들이 내게 절하나니

拜吾之像乎拜吾之心乎
내 상에 절하는 것인가? 아니면 내 마음에 절하는 것인가?

拜有千拜萬拜而不如一拜之拜
절을 함에 천 번 만 번 절함이 한 번 절함과 같지 못하며

拜有一拜二拜而果勝千拜萬拜之拜
절을 함에 한두 번하는 절이 오히려 천 번 만 번보다 나으니라.

又有無拜而常拜者
또 절을 함이 없어도 항상 절하는 사람이 있으며

又有常拜而無拜者
또 항상 절을 해도 절함이 없는 사람도 있으니

拜吾心之拜者無拜而常拜
내 마음에 절하는 절은 절함이 없어도 항상 절을 하는 것이오.

拜吾像之拜者
내 상에 절을 하는 사람은

常拜而無拜也
항상 절을 하더라도 절을 하지 않는 것과 같다.

何謂拜像之拜心無良善之機關
이르노니 내 상에 절하는 절은 마음에 어질고 착한 기틀은 없으며

而只禱者功名富貴
다만 부귀공명만 비는 것이니

心無濟利之方便
마음에 세상을 건지고 만물을 이롭게 할 방편은 없이

而只願者肥己潤家
다만 자기 몸이 살찌고 집이 윤택하길 원하며

或有造器改皿
혹 그릇을 만들고 고침을 있어도

而頓無許刻勸善經卷
조금도 권선하는 경전을 편찬할 생각이 없으며

或有除草掃砌
혹 잡초를 제거하며 마당 돌을 청소함은 있어도

而頓無回光克己復禮
조금도 마음을 돌이켜 사욕을 극복하고 예법을 회복함이 없으매

噫人根何如是痴劣耶
슬프도다! 사람의 근본이 어찌 이렇게 어리석고 열등한가?

何謂拜心之拜
이르노니 마음에 절하는 절은

敬天敬也奉聖奉神
하늘과 땅을 공경하고 성인과 신령을 받들며

211

孝父母而克諧
부모에게 효도하여 능히 조화되며

忠君上而盡誠
위로는 임금에게 충성하되 정성을 다하며

處兄弟則恭愛配夫婦則禮謙於事
형제간에는 공손하며 부부간에 서로 사랑하여 예를 지키며 겸손하며

於理勿違聖訓
말을 지어 만들어 성현의 가르침을 어기지 말라.

視人視物處心平等
사람과 사물을 대하매 그 마음에 평등심을 가지고

執三畏而立志
세 가지 두려운 것(하늘과 성현과 대인)을 잡아 뜻을 세워

顧四知
네 가지 아는 것(하늘도 알고 땅도 알고 나도 알고 남도 앎)을 돌아보아

而警心普勸善言以化頹俗
마음을 경계하며 널리 선을 권하여 무너진 풍속을 일으켜 세우면

則天必賜以高位
하늘은 반드시 높은 지위를 주실 것이오.

刊出聖經以敎率土
성인의 말씀을 펴내어 온 천하를 교훈하면

則神必護於到處
처하는 곳마다 신이 보호하리니

人身果難得早早猛省
사람의 몸으로 과연 태어나기가 힘든 것이니 일찍 일찍 매우 살피어

復太極之圓全
태극의 둥글고 온전함을 회복할 것이며

聖經果難逢急急研究
성인의 말씀은 과연 만나기가 매우 어려우니 급히 급히 연구하라!

紹文宣之大統
문선(공자)의 대통을 이으라.

天言萬語
천 가지 말과 만 가지 말씀이

果然度世之津梁
다리를 놓아 사람들을 나루터에 건네기 위함이며

一字半句總足作聖之範圍拜拜拜
한 글자와 반 구절이 성인되는 근본이니 절하고 절하고 절하라!

如是拜是名拜吾心之拜也亦名拜天心之拜也
이 절이 이름하여 내 마음에 절하는 절이요 하늘에 절하는 절이다.

▽ 부우제군 심경(孚佑帝君心經)

呂祖曰
여동빈선사가 말씀하시기를

天生万物惟人最靈
하늘 아래 만 가지 살아있는 것 중 사람이 제일 신령하며

非人能靈
사람 이외의 어떤 것이 능히 사람보다 나을 것인가?

實心是靈心爲主宰一身之君
마음의 열매가 곧 영이니 마음이 주재주이고 이 몸의 주인이니라.

役使百骸區處群情
백골을 바쁘게 하더라도 본성은 어느 곳에 거하는가?

物無其物形無其形
물이라 하는 그 물건은 없는 것이며 형이라는 그 형체도 없는 것이다

稟受於天良知良能
품수는 하늘로부터 받는 것이니 진실로 알고 행하라!

氣拘欲蔽日失其眞
기운을 잡아 욕구대로 움직이면 매일 그 진수를 잃어버리니

此心卽失此身亦傾
이에 마음은 즉시 잃어버리고 그 몸도 역시 기울어지느니라.

欲善其身先治其心
그 몸을 이롭고자 하면 먼저 그 마음을 다스려라!

治心如何卽心治心
마음을 다스림은 어떠한가. 즉 마음으로써 마음을 다스리니

以孝孝心治不孝心
효하는 마음으로써 불효한 마음을 다스리고

以長長心治不悌心
장구하게 변하지 않는 마음으로써 공경치 못한 마음을 다스리며

以委致心治不忠心
내어 맡긴 정성스런 마음으로써 불충한 마음을 다스리고

以誠恪心治不信心
정성스럽고 삼가는 마음으로써 믿지 못하는 마음을 다스리며

以恭敬心治無禮心
공경하는 마음으로서 예가 없는 마음을 다스리며

以循理心治無義心
순환하는 이치를 아는 마음으로 바름이 없는 마음을 다스리며

以淸介心治無廉心
단단하게 맑은 마음으로 청렴하지 못한 마음을 다스리며

以自愛心治無恥心
스스로를 사랑하는 마음으로 부끄러움이 없는 마음을 다스리며

以積德心治爲惡心
덕을 쌓는 마음으로 악을 위하는 마음을 다스리고

以利濟心治殘賊心
남을 이롭게 하고 구제하는 마음으로 해치고 도적질하는 마음을 다스리고

以匡扶心治傾陷心
바로잡고 돕는 마음으로 경사지고 이지러진 마음을 다스리고

以仁慈心治暴戾心
어질고 자상한 마음으로 사납고 흉포한 마음을 다스리고

以謙遜心治傲慢心
겸손한 마음으로 방만한 마음을 다스리며

以損抑心治盈滿心
손해보고 굽히는 마음으로 가득 차 넘치는 마음을 다스리고

以儉約心治驕奢心
검약한 마음으로 교만하고 사치한 마음을 다스리며

以勤愼心治怠忽心
근면하고 삼가는 마음으로 게으르고 소홀한 마음을 다스리며

以坦易心治危險心
너그럽고 새로운 마음으로 위태롭고 험한 마음을 다스리고

以忠厚心治刻薄心
충성스럽고 두터운 마음으로 엷고 천한 마음을 다스리며

以和平心治忿懥心
화평한 마음으로 성나고 화난 마음을 다스리며

以寬洪心治褊窄心
너그럽고 넓은 마음으로 치우치고 좁은 마음을 다스리고

以傷身心治沈湎心
몸을 이지러지게 하는 마음으로 가라앉고 빠지는 마음을 다스리고

以妻女心治奸淫心
처와 딸을 생각하는 마음으로 간음하는 마음을 다스리고

以果報心治謀奪心
은혜를 보답하는 마음으로 모략하여 빼앗는 마음을 다스리고

以禍患心治鬪狠心
재난으로 고통 받는 마음으로 싸우고 비뚤어진 마음을 다스리고

以正教心治異端心
바르게 가르치는 마음으로 이단하는 마음을 다스리고

以至信心治大疑心
지극한 신심으로 크게 믿지 못하는 마음을 다스리고

以悠久心治無恒心
오래 기다리는 마음으로 변하는 마음을 다스리고

以始終心治反覆心
한결같은 마음으로 변덕이 심한 마음을 다스리고

以施與心治慳吝心
보시하는 마음으로써 아끼고 탐하는 마음을 다스리고

以自然心治勉强心
자연스런 마음으로 억지로 하며 세차게 하는 마음을 다스리고

以安分心治非望心
편안하고 분별 있는 마음으로써 멀리 내다보지 못하는 마음을 다스리고

以順受心治怨尤心
순리를 따르는 마음으로써 원망스러운 마음을 다스리며

以推誠心治猜忌心
정성스런 마음으로 추구함으로써 시샘하고 미워하는 마음을 다스리고

以鎭定心治搖惑心
안정된 마음으로써 흔들리고 미혹한 마음을 다스리고

以中正心治偏袒心
중심에 바로잡힌 마음으로 한쪽으로 치우친 마음을 다스리고

以大體心治細務心
큰마음으로 가늘고 걸리는 마음을 다스리니

嗟乎人心
아! 사람의 마음이여

不治不純如彼亂絲
다스릴 수도 없고 순수하지도 못하여 엉켜진 실타래 같으니

不理不淸如彼古鏡
통하지도 못하고 맑지도 않으며 빛바랜 오랜 거울 같아

不磨不明如彼劣馬
연마하지도 않고 밝지도 못하며 저 열등한 말처럼

不勒不馴我故說經
재갈도 없고 길들이지도 않아 내가 경을 설하였으니

欲治人心人心得治
사람들이 마음을 다스리고자 하여 그 마음이 다스려지면

天地淸寧
하늘과 땅은 푸르고 편안할 것이니라.

3) 문창제군 경전

▽ 문창제군 보고(文昌帝君寶誥)

문창제군 장아자의 보배로운 말씀으로 대중을 훈계하는 글로서 뜻을
새기는 경문이 아니라 반복하여 읽는 경문이다.

不驕帝境, 玉眞慶宮, 現, 九十, 八化之, 行藏, 顯, 千百萬種,
불교제경, 옥진경궁, 현, 구십, 팔화지, 행장, 현, 천백만종,

之神異, 飛鸞, 開化於, 在在, 如意, 求劫以, 生生, 至孝至仁,
지신이, 비란, 개화어, 재재, 여의, 구겁이, 생생, 지효지인,

功存乎, 儒道, 釋敎, 不驕, 不樂, 職盡乎, 天地水官,
공존호, 유도, 석교, 불교, 불락, 직진호, 천지수관,

功德難量, 威靈莫測, 大悲大願, 大聖大慈, 九天輔元,
공덕난량, 위령막칙, 대비대원, 대성대자, 구천보원,

開化主宰, 司, 祿職貢擧, 眞君, 七曲靈應, 保德, 弘仁大帝,
개화주재, 사, 록직공거, 진군, 칠곡령응, 보덕, 홍인대제,

談經演敎, 消劫行化, 更, 生永命, 天尊
담경연교, 소겁행화, 갱, 생영명, 천존

帝君 姓 張 諱 亞 字 雰 陰曆 2月 3日 誕辰
제군 성 장 휘 아 자 방 음력 2월 3일 탄신

▽ 문창제군 권효문(文昌帝君 勸孝文)

帝君垂訓曰今日是元旦
제군이 베풀어 가르치시기를 오늘은 새해 첫날이라.

• 원단(元旦): 새해 아침을 뜻한다.

爲人間第一日
인간의 첫 번째 되는 날이다

吾當說人間第一事何謂
내가 마땅히 사람들에게 인간의 제일 첫 번째 일을 설명하노니

第一事孝者百行之原
제일 첫 번째 일은 효도가 백행의 근본이니

精而極之可以參贊化育故謂之第一事
정성을 다하여 극진하면 칭찬하리니 서로 화하여 기르기 때문이라

赤子離了母胎
갓난아기가 어미의 태를 떠나도

在孩抱便知得故謂之第一事
제 어미를 문득 먼저 아는 이 한 가지만을 가지고도

捨此一事並無學問
이것을 져버리면 다른 학문을 물을 이유가 없으며

捨此一事並無功業
이것을 져버리면 공과 업적을 쌓아도 의미가 없으며

捨此而立言則爲無本之言
이것을 버리고 말을 세우면 근본이 없는 말이 되고

捨此而能功盖天下
이것을 버리고 공이 커서 천하를 덮더라도

到底不從性分中流出
깊은 하늘마음과는 일치되지 않아

• 도저(到底): 생각, 기술이 아주 깊다는 뜻이다.

必作僞以欺國負本以滅身天地
반드시 거짓으로 나라를 속이고 근본을 져버리면 몸을 망치느니

是孝德結成日月是孝光發亮
이 효도의 덕으로 바르게 하며 일월도 효도의 덕으로 밝히니

孝之道言不可得而盡也
효의 도는 말로 다 표현하지도 설명하지도 못하리라.

爲人子者事富貴之父母易事
사람의 자식이 부귀한 부모 섬기기는 쉽고

貧賤之父母難事
비천한 부모 섬기기는 어려우며

康健之父母易事衰老之父母難事
건강한 부모 섬기기는 쉽고 노쇠한 부모 섬기기는 어려우며

具慶之父母易事寡獨之父母難夫
부모가 다 살아계신 것 섬기기는 쉽고 홀로된 부모 섬기기는 어려우니

富貴之父母出入有人扶持居止有人陪從
부귀한 부모는 출입함에 사람들이 서로 붙들고 서로 대접하니

其願常給其心常歡
원하는바 항상 족하고 마음이 항상 즐거우나

貧賤之父母捨卻
빈천한 부모는 버려지고 물리쳐져

白髮夫妻誰爲言笑
백발이 다 되어 누가 말과 웃음을 줄 것인가?

離了靑年子媳莫與追隨人
젊은 자식이 떠나면 더불어 도와주며 따르는 사람이 없는지라

子一日在外父母一日孤悽
사람의 자식이 하루를 밖에 있으면 부모가 하루를 외롭고 슬퍼하시니

爲人子者善體其情
사람의 자식 된 도리를 잘 받들면

能頃刻離左右也乎
어찌 짧은 시간인들 부모 곁을 떠날 것인가

康健之父母行動可以自如取携可以自便朝作暮息
건강한 부모는 행동함에 자유로워 아침에 일어나서 저물면 쉬기를

可以任意訪親問舊可以娛情
임의로 하시며 친구를 불러 서로 즐기되

衰老之父母兒子便是手足
노쇠한 부모는 아들이 부모의 수족이 되고자 하나

不在而前手足欲擧而不能
옆에 있지 않으면 수족을 움직이지 못하며

媳婦便是復心不在膝下
며느리가 마음속에 편하게 모시고자 하나 슬하에 있지 않으면

復心有求而不遂時而
비록 편하게 해드리고자 하나 이루지 못하니

欣欣內時而戚戚於懷
마음에 기뻐하시기도 하고 때로 회포에 슬퍼하시기도 하니

爲人子者善體其情
자식 된 도리를 다하여 그 뜻을 잘 받들어야 하니

能頃刻離左右也乎
어찌 경각인들 부모 곁을 떠날쏘냐?

具慶之父母日間有以作伴
모든 것을 갖춘 부모는 낮에는 부부가 함께 친구가 되고

• 작반(作伴): 동행자나 친구로 삼는다는 뜻이다.

夜間有以相溫晝無所事相與說長論短
밤에는 서로 의지하여 낮에 일이 없어도 서로 담론하며 의논하고

• 상온(相溫): 서로 따뜻한 기운을 나눈다는 뜻으로 의지한다는 의미이다.

夜不成眠互爲知寒道冷
밤에 잠을 이루지 못하면 서로 위하여 춥고 냉함을 말하되

寡獨之父母兒女雖有團圓之樂
홀로 되어 고독한 부모는 아들딸이 비록 저희들의 즐거움이 있으나

夫妻已成離別之悲家庭之內獨行踽踽凉凉
부부가 이미 이별의 슬픔이 있어 가정 안에 홀로 슬퍼하며 다니니

• 우우량량(踽踽凉凉): 홀로 다니며 슬퍼하는 뜻이다.

形影之間惟有悽悽楚楚
얼굴과 그림자 사이에 오직 처량함 뿐이라.

• 처처초초(悽悽楚楚): 처량함을 뜻한다.

爲人子者善體其情能頃刻離左右也乎
자식 된 도리로 어찌 경각인들 좌우를 떠날 수 있을쏘냐?

嗚呼試問身從何來
너희를 시험하여 묻노니 너희가 어디로부터 왔느냐?

親爲生我之本孝爲何事
부모는 나를 낳으신 근본이요 효도는 어찌해야 하느냐?

人所自有之心
사람이 스스로 있는 바가 마음이니

見我此章而不動心者非人也
나의 이 글을 보고 마음이 움직이지 않는 자는 사람이 아니며

見我此章而不墜淚者非人也
나의 이 글을 보고 눈물이 떨어지지 않는 자 사람이 아니니

逆子忤媳見我此章而
거스르는 자식과 거역하는 며느리가 나의 이 글을 보고

不化爲孝子順媳者與禽獸何異人
변화하여 효자와 순한 며느리가 되지 않는 자는 금수와 어찌 다르리오.

人得而誅之者也
사람마다 읽고 깨달을 지어라!

▽ 문창제군 음즐문(文昌帝君陰騭文)

帝君曰
문창제군이 말씀하시되

吾一十七世爲士大夫身
내가 열일곱 번 사대부의 몸을 받아

未嘗虐民酷吏
백성을 학대하거나 아랫사람에게 심하게 대하질 않았으며

救人之難濟人之急
사람의 어려움과 급함을 구제하였으며

憫人之孤容人之過
외로운 이를 불쌍히 여기고 잘못한 이를 용서하며

廣行陰騭上格蒼穹
널리 음덕을 행하여 위로 하늘에 사무치니

人能如我存心天必賜汝以福.

사람은 능히 나와 같이 마음을 지키면 하늘은 반드시 복을 주나 니라.

於是訓於人曰

이에 사람을 가르치고 말하기를

昔于公治獄大興駟馬之門

옛날 우공이 옥을 다스릴 때 크게 사마의 문을 일으켰으며

- 사마지문(駟馬之門): 말 4필이 끄는 마차가 들어갈 수 있는 큰 문을 말한다.
- 우공(于公): 한나라 동해(지금의 산동성) 사람으로 선왕(宣帝) 때의 승상 우정국의 부친으로 옥의 소송을 담당하는 관리였는데 소송의 판단을 공평하고 사심 없이 하여 재판하는 당사자들이 마음으로 승복하여 조금만큼도 원한을 사지 않았다. 동해의 효부 주청이란 여인이 어려서 과부가 되어 자식이 없었다. 항상 나이든 시어머니를 공경하고 효순하게 모셨으며 시어머니가 개가를 권해도 듣지 않았다. 노모가 생각하길 '내 며느리가 나를 효순하며 괴로움을 참고 공양하는데 자식이 없고 젊어 과부가 되어 정말 가련하다. 나이 많고 늙은 내가 젊고 어린 며느리의 평생 행복을 빼앗는 것은 견딜 수가 없다.'고 하여 스스로 목숨을 끊었다. 주변에서 효부를 무고하게 살인죄로 감옥에 가두고 고문을 하여 살인죄를 인정하라고 문서를 작성해 놓고 추궁하였으나 우공은 효부의 무죄를 주장하였다. 그러나 태수는 우공의 간청을 듣지 않고 효부를 사형에 처하였다. 효부가 죽은 후 동해군 내에는 3년 동안 비가 오지 않고 곡식이 익지를 않았다. 신임 태수가 부임하여 연고를 물으니 우공이 효부의 원통한 일을 고하였다. 신임 태수는 효부의 분묘에 제사를 지내고 비석을 세웠다. 비석을 세우는 날 하늘에서 큰 비가 내려 그 해 동해군에서는 풍년이 들었으며 사람들은 더욱 우공을 존경하였다. 한 번은 우공의 집 대문이 무너져 수리를 해야 할 때 우공이 말하기를 '집 대문을 높고 크게 지어 4필의 말을 단 수레가 진입할 수 있도록 하라. 내가 옥사를 다룸에 음덕이 크며 아무에게도 원한 산 일이 없으니 장래 자손이 필시 창성하고 귀하게 될 것이다.' 라고 하였다. 과연 그 아들 우정국(于定國)은 승상이 되고 서평후에 봉해졌으며 향년 70세에 죽었다. 손자 우영(于永)은 관직이 어사대부에 이르렀으며 수 대에 이르도록 제후에 봉해졌다는 고사이다.

竇氏濟人高折五枝之桂

두 씨가 사람들을 구제하며 다섯 가지의 계화를 꺾었으며

- 계화(桂花): 과거에 급제한 사람이 쓰는 모자에 붙이는 계수나무의 꽃이다.
- 두우균(竇禹鈞): 중국 오대시대-당(唐)나라가 멸망한 907년부터 송(宋)이 전 중국을 통일하게 되는 979년까지의 약 70년에 걸쳐 흥망 한 여러 나라가 각축전을 벌이던 시대-에 연산 사람(중국 하북성)이다. 나이 30세가 지나도 자식이 없었으나 하루는 꿈에 조부가 나타나셔서 말씀하시길 "너는 자식도 없으며 수명도 짧은 운명이니 매일 음덕을 쌓아 하늘의

도움을 구하라."고 말씀하셨다. 그 이후 두균은 선한 행동에 노력하였다. 돈이 없어 결혼하지 못하거나 장사를 지내지 못하는 집들을 도와주고 매 1년의 수입을 제사를 지내는 이외에는 모두 남을 도와주는 데 쓰며 본인은 아주 검소하게 살았다. 집의 남쪽에는 서원을 건립하고 수천 권의 책을 기증하였으며 선생을 초빙하는 등의 선행을 베풀었다. 오래되지 않아 두균은 다섯 아들을 연달아 낳았는데 꿈에 조부가 다시 나타나셔서 "수년 동안 너의 공덕이 자못 크구나! 네 이름은 이미 하늘에 올려 있으며 수명은 36년이 연장되었고 다섯 아들은 크게 번창할 것이다."라고 말씀하셨다. 첫째 아들 두의당(竇儀當)은 정3품 예부상서, 둘째 아들 두엄당(竇儼當)은 정4품 예부시랑, 세째 아들 두간당 (竇侃當)은 종7품 좌보궐(左補闕), 넷째 아들 두고당(竇翶當)은 종4품 우간의(右諫議)로 국가 대사에 참여했으며, 다섯째 아들 두희당 (竇僖當)은 기거랑(起居郎-천자의 생활하는 법도를 담당하는 관리)이 되었고, 두공은 82세까지 병 없이 살다 미소를 지으며 죽었다는 고사이다.

救蟻中狀元之選
개미를 구하고 과거에 장원하고

• 송교(宋郊): 송나라시대에 송교, 송기(宋祁) 형제가 공부하던 중 한 스님이 형제의 상을 보고 아우 송기는 과거 급제하여 벼슬이 대관에 이르러 입신양명할 것이라 예언하였고 형 송교는 과거에는 낙방할 것이라 예언하였다. 10년 후 형제가 시험을 치러 길을 가던 중 스님을 다시 만나니 스님이 깜짝 놀라면서 형 송교의 얼굴상이 완전히 바뀌었다고 말했다. 혹시 십 수만의 생명을 구하지 않았냐고 송교에게 반문하자 크게 웃으면서 송교가 설명하길 "내가 일개 서생인데 어찌 그렇게 많은 사람을 구할 돈이 있느냐?"고 말하였다. 스님이 다시 잘 생각해보라고 하자 송교가 잠시 생각하고 미소를 지으며 말하길 "공부하던 서원 근처에 개미굴이 있는데, 어느 날 큰비가 와 물속에 잠길 것 같아 꺼내서 구해주었다."고 하였다. 스님이 말하길 "바로 이 일 때문에 좋은 일이 있을 것이다."라고 말했는데, 동생 송기는 시험에 장원급제하였고 형 송교는 그 다음 순위였으나 장헌태후가 이 이야기를 듣고 "동생이 어찌 형보다 나을 것인가."라고 말하면서 순위를 바꿔 형 송교를 장원급제시키고 동생 송기를 다음 차수로 바꾸었다. 하늘 아래 살아있는 만물은 모두 영이 있으니 일초일목도 가볍게 보지 말라는 고사이다.

埋蛇享宰相之榮
뱀을 묻어주는 음덕을 행한 뒤 재상의 영화를 누리니

• 손숙오(孫叔敖): 춘추전국시대 초나라 사람으로 어린 시절에 집이 빈곤하였으나 모친은 더없이 선량하였다. 10세 때 길을 가다가 머리가 두 개인 뱀(쌍두사: 雙頭蛇)을 보고 '상스럽지 못한 동물을 보면 삼 일 이내에 죽는다.' 며 나는 이제 죽게 되었다고 근심하였다. 그러나 쌍두사를 거리에 내버려두면 많은 사람들이 보고 죽을 것이니 내가 죽기 전에 많은 사람을 구하겠다고 뱀을 돌로 죽여 땅에 묻었다. 손숙오는 집으로 돌아와 울면서 모친에게 저간의 사정을 설명하자 모친이 크게 감동을 했다.

모친이 말씀하시길 "착한 아들아! 너와 같이 음덕이 있는 사람은 죽지 않을 것이며 너로 인해 초나라는 흥할 것이다."라고 말하였다. 그 후 손숙오는 80세를 넘어 살았으며 초나라의 재상을 지내니 춘추전국시대의 극히 뛰어난 인물로 이름을 날렸다.

欲廣福田須憑心地
널리 복밭을 일구고자 하면 모름지기 마음 밭을 먼저 닦도록 하라.

行時時之方便
때때로 방편을 행하여

作種種之陰功利物利人
어질고 어진 음덕을 행하여 만물을 이롭게 하고 사람을 이롭게 하라.

修善修福正直
선한 일을 행하고 복을 닦아 정직하게

代天行化
하늘을 대신하여 교화를 행하라.

慈祥爲國救民
자상함으로 나라를 위하고 백성을 구하며

存平等心擴寬大量
평등심을 보존하고 마음을 크게 너그럽게 하라.

忠主孝親敬兄信友.
임금에게 충성하고 부모에게 효도하고 형을 공경하고 벗을 믿으며

和睦夫婦敎訓子孫.
부부간에 화목하고 자손을 가르치고 훈계하며

毋慢師長毋侮聖賢
스승과 나이 드신 이를 업신여기지 말며 성현을 깔보지 말며

或奉眞朝斗或拜佛念經.
하느님을 받들며 칠성에 조회하고 부처님께 예배하고 경을 읽어

報答四恩廣行三教
네 가지 은혜에 보답하며 널리 삼교(유, 불, 선)를 행하여

• 네 가지 은혜(四恩): 하늘과 땅, 임금과 부모, 친우, 음식을 주는 사람 등을 말한다.

談道義而化奸頑
도와 의를 논하여 간사함과 둔함을 변화시켜라.

講經史而曉愚昧
경전과 역사를 익혀 우매함을 밝히도록 하라.

濟急如濟涸轍之魚
급한 것을 건지기를 망에 걸린 고기 건지듯 하며

救危如救密羅之雀
위태로움을 구하기를 그물에 걸린 새 구하듯 하라.

矜孤恤寡
외로운 이를 불쌍히 여기고 과부를 도와주며

敬老憐貧
나이든 이를 공경하고 가난한 사람을 가엾게 여기도록 하라.

舉善薦賢
선을 받들고 현명한 사람을 천거하며

饒人責己
타인에게는 너그럽게 대하고 자신에게는 엄해라.

措衣食周道路之饑寒
옷과 음식을 준비하여 길을 가는 사람들의 추위와 배고픔을 구제하며

施棺槨免屍骸之暴露
관을 베풀고 도와주어 죽은 사람을 방치하지 말며

可否
집이 부유하거든 친척을 도와주며

歲饑賑濟鄰朋
흉년이 들면 이웃과 친구를 도와주며

斗秤須要公平不可輕出重入
말과 저울을 공평히 하며 적게 주고 많이 받지 말며

奴僕待之寬恕豈宜備責苛求
노비를 대접함에도 너그럽게 하며 심하게 책망하고 무섭게 구하지 말라.

印造經文創修寺院
경문을 인쇄하여 만들며 사원을 짓고 중수하며

捨藥材以拯疾苦
약재를 지어 병으로 인한 괴로움을 건지고

施茶水以解渴煩
차와 물을 베풀어 목마름을 해소하며

點夜燈以照人行
밤에 불을 밝혀 길가는 사람을 밝혀주며

造河船以濟人渡
배를 만들어 사람을 건네주며

或買物而放生或持齋而戒殺
혹은 산 생명을 사들여 풀어주며 혹은 재계하여 살생을 경계하라.

擧步常看蟲蟻
걸을 때마다 항상 벌레와 개미가 밟히지 않도록 하며

禁火莫燒山林
불을 금하여 산림을 불내지 말며

勿登山而網禽鳥
산에 올라서는 새와 짐승을 잡기 위한 그물을 치지 말며

勿臨水而毒魚蝦
물에 임하여서는 물에 사는 생명을 독살하지 말라.

勿宰耕牛勿棄字紙
밭을 가는 소를 잡지 말며 글자 쓴 종이를 버리지 말고

勿謀人之財産勿妒人之技能
남의 재산을 모략으로 빼앗지 말며 남의 재주를 투기하지 말라.

勿淫人之妻女勿唆人之爭訟
남의 아내와 딸에게 음행을 하지 말며 남의 송사를 부추기지 말라.

勿壞人之名節勿破人之婚姻
남의 명리를 깔보지 말며 남의 혼인을 파하지 말라.

勿因私讎使人兄弟不和
사사로운 원한 관계로 남의 형제를 불화하게 말며

勿因小利使人父子不睦
작은 이득을 얻기 위해 남의 부자를 불화하게 말며

勿倚權勢而辱善良
권세를 믿고 선량한 사람을 욕보이지 말며

勿恃富豪而欺窮困
부유함을 믿고 곤궁한 사람을 업신여기지 말며

依本分而致謙恭
본분을 지켜 겸손하고 공손할 것이며

守規矩而遵法度
행실을 바르게 하여 법도를 지켜라.

和諧宗族解釋冤怨
종친 간에 화목하고 원한을 용서하고 풀도록 하라.

善人則親近之助德行於身心
착한 사람은 가까이 친근히 하고 덕행을 실천하여 몸과 마음을 돕고

惡人則遠避之杜災殃於眉捷
악한 사람이거든 멀리 피하여 재앙의 원인을 막도록 하라.

常須隱惡揚善

항상 남의 악한 것을 숨기고 착한 것을 드러내며

不可口是心非

입으로는 옳다 하고 마음으로는 아니라고 하지 말며

恒記有益之語罔談非禮之言

항상 유익한 말은 기록하고 예가 아닌 말은 입에 담지 말라.

剗磥道之荊棘除當途之瓦石修數百年崎嶇之路

길을 가로막는 장애물을 없애버리며 수백 년 동안 험난했던 길을 닦고

造千萬人來往之橋

천만 인이 왕래하는 다리를 만들어 도움을 주라.

垂訓以格人非

교훈을 드리워서 사람의 잘못을 바르게 하며

捐貲以成人美

재물을 나누어서 사람의 아름다운 일을 만들며

作事須循天理

일을 함에 있어 하늘의 도리를 따르며

出言要順人心

말을 함에 있어 사람의 마음을 순하게 하며

見先哲於羹牆

옛 선현을 항상 생각하며 본받으며

• 갱장(羹牆): 갱장(羹墻)은 선왕을 추모한다는 뜻으로, 요임금이 돌아가시고 순임금께서
항상 사모하는 마음이 끊어지지 않고 음식을 먹을 때면 국물 속에서도 요임금을 생각하고
앉으면 요임금을 담벼락에서 생각했다는 고사에서 나온 말이다.

愼獨知於衾影

홀로 착한 일을 행함에 삼가 그림자가 부끄럽지 않도록 하며

諸惡莫作衆善奉行

모든 악한 일을 짓지 말고 여러 가지 착한 일을 행하면

永無惡曜加臨常有吉神雍護
영구히 악한별이 임하여 비추이지 않으며 항상 길한 신령이 보호하리니

近報則在自己遠報則在兒孫
가까이 보응은 자신에게 있고 먼 보응은 자손에게 미치는 지라.

百福騈臻千祥雲集
백복이 한 가지로 모이고 상서로운 일이 구름같이 일어나니

豈不從陰騭中得來者哉
어찌 음덕을 행하지 아니하리오.